不舊則火氣逼人去
數十年之後其紙皆
湏[illegible]然藐然也

到了東京——這個知識的寶庫！
這種經驗，令他決心將來還要再來。
再深掘那沒法一次掘完的美妙！
此種知識上或文明鄉往上的靈光閃現的啓蒙感，是人到異地旅行相當期待獲得之物。吃物，亦然。人皆在自己國家吃過壽司，但在日本所吃壽司，則有更最稱終極的版本。還不必是名店所供。

「人生第一次震撼」式之啓蒙，東京竟扮

一詩」

那時是七十年代。如果在二〇一幾年的今天來看「外省人」三字，會愈來愈多可以探究的論述；然而在七十年代，他指得那麼隱意、不張揚，卻透出了他對故鄉之遠去後在台灣的人生境遇，這是一種涵蓋在血肉裏的天生情感而余在寫恰好「妙手偶得」了。

他的〈窗外〉一直無法〈公映〉，找了一個胡奇來飾演高中老師，與學生林青霞戀愛；胡奇的情懷，正透出了外省人來台的狀態。

與內壓也看過西洋房樓與汽車的框、構、又聽過華格納的唐豪瑟甚至太多的搖滾樂所以會不會我寫的字應該不同於文徵明何紹基等那時代

我與寫字

舒國治 著

目錄

家附近溪邊空地打拳時身後
常有樹上落下丁丁冬冬之物
一看是蓮霧撞擊在地都破了
看，可惜偶拾七八顆回家洗
淨切除破敗的將殘剩的切成
丁拌在生菜裏 是為蓮霧沙拉
簡直是得時的食材並且 有機
有時留朋友在家便飯說到沙拉
時竟道 我家外面撿來的

尹國台

〈野生的水果，就算破，也成好沙拉〉

也談寫字

我常想，寫字或不寫字，往往是先天上的。

六十年前，我開始拿起鉛筆寫起小學生該寫的字，到三十年前沒被電腦鍵盤的打字改變，其實有先天上——也就是血液裡——的來由。

即使寫地址、留電話可以用手機，甚至今人早以email通信而不筆寫於信紙、再貼郵票於信封、投入郵筒，然寫字的人仍然有太多的寫字時機。

所謂「寫字的人」，大約要看他寫得常

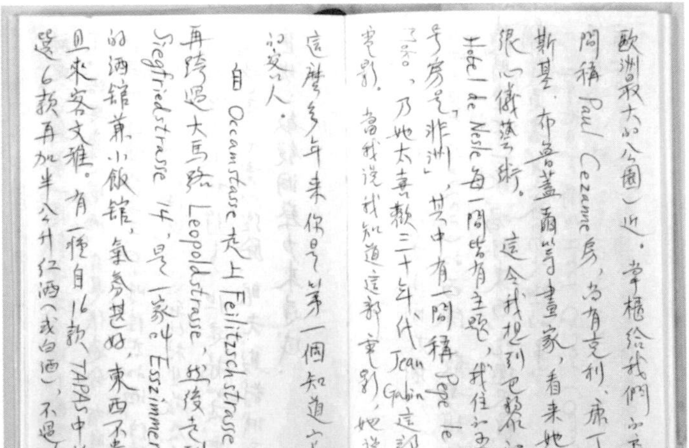

出國旅遊的日記

不常、頻不頻，或寫得好不好。更甚至寫得愛不愛、迷不迷。

一般言，寫得常、寫得頻，甚至寫得多，常賴是職業。比方說作家。

我固然也寫稿，所以一個星期裡可能寫上幾千字（勤奮時），也可能只寫百來字或幾十字（懶散時）。但總算是一輩子沒放下筆來的那種職業之人。然而實不是長篇連載作家像高陽、倪匡等一輩子會寫下幾千萬字之量。

我即使振筆疾書，不會急著把稿紙一張

寫稿用的A4白紙

東門米粉南門麵
萊陽桃酥四喜粽
來々餃子推車餅
夜深再奔猫下去

〈小吃竹枝詞〉

接一張連著往下密密麻麻的寫到底端。我比較習慣把這篇五、六頁的文稿略有節奏的寫在空白的紙上。令這件事比較像「寫字」的情態，而不只是「寫稿」的情態。

也即，我會考慮前面說的「寫得好不好」。

至於愛不愛、迷不迷，也可一說。

自己除了寫字，**也愛看字**。這很重要。像中醫寫藥單，常有好筆墨。我也會注意他寫的甘草幾錢、白朮幾錢、黃耆幾錢。更喜歡窺看**家庭主婦用磁鐵貼在冰箱上的菜單**。

這類字的可貴，乃它是**平常心下流露出來的字**，**最有可能得出天成的情狀**。當然「好的」天成情狀，要有相當多前面歲月的浸潤演練，這就是藝術的因由了。

《合肥四姐妹》中，有一人是書法家，但她隨手用原子筆寫的貼在冰箱菜單，未必勝過其他不是書法家的姐妹。

太多的媽媽們不是書法家，但她們的冰箱貼字，太多太多寫得好的。我小時看我媽媽寫在紙條上的字覺得好，後來在人家家看張媽媽、李媽媽等的字，好的也很多。她們不但不是書法家，還很少寫字呢，但都能有可看之處。所以我前說，寫字和先天有關。**先天，當然包含時代。**

有的人，不寫東西（不寫文章，不寫信，不記帳，不抄筆記，不寫藥單，不留字條……），只寫「書法」，那麼，他是書法家。

小筆記本，教人比較下得了筆

我常有一發現，便是，更偏向喜看非書法家的字。好比說，傅斯年不被視為書法家，他寫給友人的信，我看了，覺得真是好書法，十分的喜歡。

有些家庭主婦，不怎麼宴客，也不怎麼做大菜，但她每天烹煮一家六口人的三餐，又是魚又是肉，青菜、豆腐、蘿蔔、茄子，燒出來的菜也不少，其實早是熟練的高手了。甚至周末或還包包餃子、下下麵條等。這種媽媽，不是菜館裏的主廚，然因為熟練，又是平常心，往往製出的菜餚，更是餐館筵席也吃不到的佳美可口。你可以吃上幾百頓、幾千頓。

這就像傅斯年的書札，你可以看上幾百封一樣。

我最喜歡講的兩句話「燒菜當燒家常菜，寫字宜寫百姓字」，

當燒家常菜
宜寫百姓字

〈把燒菜跟寫字這兩種藝術，相提並論〉

主要講燒菜不需必用魚翅鮑魚之材，不需刻花擺盤，一似坊間宴席陋習，亦不用使上米其林名廚之絕技與創意方才把飯吃上。而寫字不需假想為少林寺題牌匾、為道場題「隨緣」，亦不用時時寫成大型展場之揮灑體那種幾乎接近裝置藝術的狂放版。

而照樣把菜燒得美味之極。照樣把字寫得好看之極！

也像，一輩子只有很少錢，卻照樣把日子過得佳好之極！

我除了寫稿用原子筆，也就是「硬筆字」，其他時候，原子筆也用得很頻。像在餐館點菜，有時自己寫在白紙上。在「秀蘭」，我可能寫「蝦仁豆腐（請白燒）」。在「南村小吃店」，我常寫「麵條爛一點，謝謝」。原子筆用得最多的，是寫在小筆記本上。這些筆記，多是為了日後要寫成文章，而先一點

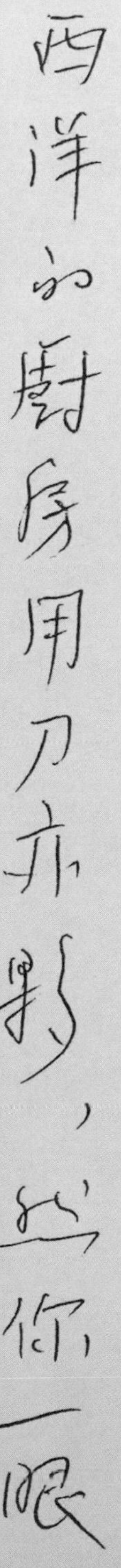

點的累積片段。　**有時這種不怎麼用心而隨手下的筆，字最好看！**

去日本，因不時要寫下漢字，做為溝通；於是我會把影印店裁下的邊紙，做成十幾二十頁的小本本，擱進上衣口袋，隨時抽出就寫。結果這種小本本竟留下極多我的不時寫下的筆記。並且，許多在倉皇中寫下的字，竟然也是好筆墨！

在演講時，我通常請他們備黑板或白板，為了寫上幾個關鍵詞。這種字，是大字。尤其粉筆字，也是一種書寫體。有一次他們說沒黑板也沒白板，我說那就找一疊白報紙（其實是「麻將紙」）架在畫架上，再備一支毛筆（別給簽字筆）就行了。

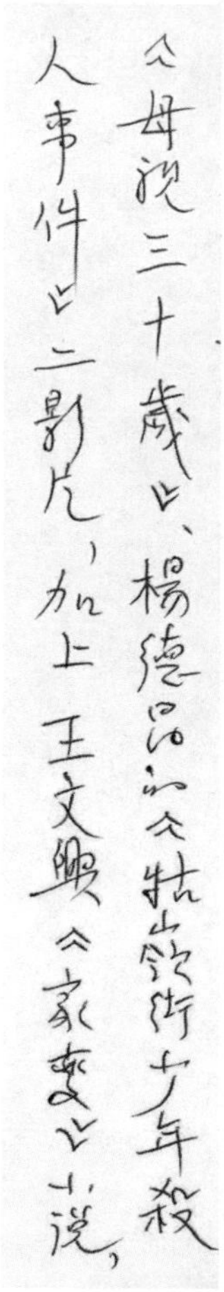
《母親三十歲》、楊德昌的《牯嶺街少年殺
人事件》二影片，加上王文興《家變》小說，

文章的片段

結果只用了兩張紙，總共寫了十幾、二十個詞，但效果很好。在紙上寫下的關鍵詞，是為一種停歇，令他們換一口氣吸收。那是演講的韻律。

又有一次在台下點歌，我寫了一首歌名請服務生遞給台上歌手。不久這位在台上即興登場的業餘女歌手也唱了。過了半小時，她下台到我們這桌打招呼，她說「可不可以把這張紙條送給我？」我說當然。這時我才注意到我在這紙條上不經意寫下的六個字，簡簡淨淨，好像還蠻悅目的。她說她要留下來，放在客廳進門的矮几上，給她半夜回家、有些叛逆的女兒看。

你道上面是什麼字？「我等著你回來」，一首白光的歌名。

前面說的「也愛看字」，乃字在太多地方出現，好的字實是人生中好景，當然會停下多看幾眼！　這也是為什麼我自己的書封面，絕不用電腦的印刷字體，乃太醜也。我多半**用古人的木刻字，將之集下來**。大多取明清刻板，《門外漢的京都》則用了宋刻，並且是宋代的蜀刻。甚至扉頁的兩句詩「懷此頗有年，不敢問來人」，更要用蜀刻的字。實因蜀刻充滿了風情瀟灑的筆韻（像「年」字刻得甚扁）。木刻字之外，我也偶用書法體，《窮中談吃》四字，便是集孫中山的字。

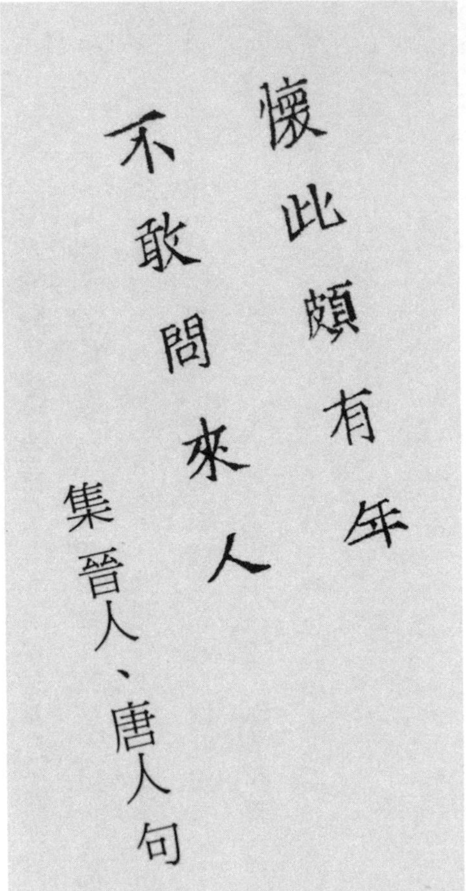
懷此頗有年
不敢問來人
集晉人、唐人句

《門外漢的京都》扉頁集字

我寫毛筆字，則是人到中年，遙想少時臨過幾天帖、又中學的作文課必須用毛筆等等曾經和毛筆字有點過從的歲月，於是在中年時有點想「舊技重拾」那麼點樂趣。

於是便開始又寫了起來。

舊技重拾，也像幼年打過幾年拳，忽忽老來，這又想動動身手，結果一打，更有味道也。

年少時打的拳，雖沒下工夫好好的練，實是對「練武」甚為仰望嚮往之流露。而鑽看武俠小說、武俠電影，更是再加深夢想也。

而後日的書法，其揮灑、推移，其實有些許武藝（舞蹈）之案前表現法也。　寫字中的「橫勒」、再「豎努」，幾乎有使劍的風意，特別過癮！

而舊技者也，乃它已暌違久遠，若不再趕緊拾起，會不會將要湮沒？　**這莫不也是對前段人生的一種修補？**

是不是這也有點像「舊傷重治」？　好比說，你在年輕時受的傷，淤隱在體內深處，世事奔忙，沒空治療；如今老來，有閒有餘裕了，便清清靜靜潛心打坐，終於有一天，篤的一聲。將一口濃濃黑痰吐了出來！總算把五十年宿疾給治癒了。

然說「人到中年」云云，哇，**其不是某種你自己不能掌握的時代召喚**？莫非我竟也是近代史的產物？一九九一、九二年我凡遊香港，已愛在鋪子買毛邊紙，終於在一九九七年開始鋪紙寫起來！

寫毛筆字的照帖子臨，和彈鋼琴的照譜子彈，以及打拳的照招式學打，有可相提並論之處。

其中彈琴最會彈得與原曲（不管是蕭邦或貝多芬）極像。打拳亦可極像師父所教。只有寫字，當年的臨帖，通常不會全面呈現在你如今手下的這些字。

也就是，**字最受主人的自己隱藏在身體深處的美感神經變化**。

而你彈《月光》，必然彈得有板有眼。你打鄭曼青三十七式，必然和原初教的招式相當的近似也。

尋常中的寫字，如硬筆字，更是自己隨著歲月結出來的形。每個人寫的，是自己的體。尤其是你順著文意一字一字往下寫，便是你自然流露最最本我的字形。

哪怕毛筆字，你原來臨的是王羲之、褚遂良、《張遷碑》、《乙瑛碑》，甚至偷偷臨過一點點李叔同，但最後你寫出來的，才是你自己流露出來的那副模樣。尤其是硬筆字，和昔日臨帖臨碑寫出的勾勒、快慢，再也不同矣。

油條最好的搭配物是白粥 最好煮得稠些 陶鍋小火慢慢煮成粥面泛出白亮光色 以這樣的白粥 配炒得乾乾的雪菜毛豆 荷包蛋 剛出爐的板上豆腐一方 淋上幾滴醬油 最後加上一碟剪成小段的油條 便是千古不移的最文雅早飯了

舒國治

〈油條最配白粥〉

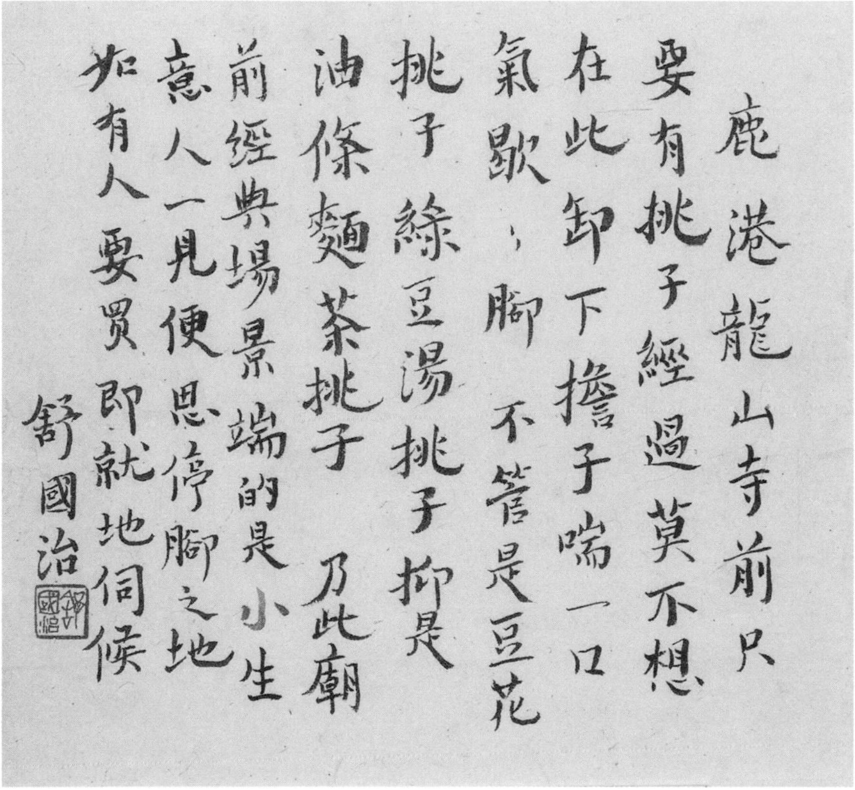
鹿港龍山寺前只
要有挑子經過莫不想
在此卸下擔子喘一口
氣歇、腳不管是豆花
挑子綠豆湯挑子抑是
油條麵茶挑子 乃此廟
前經典場景端的是小生
意人一見便思停腳之地
如有人要買即就地伺候
舒國治

〈龍山寺是小攤最好停腳點〉

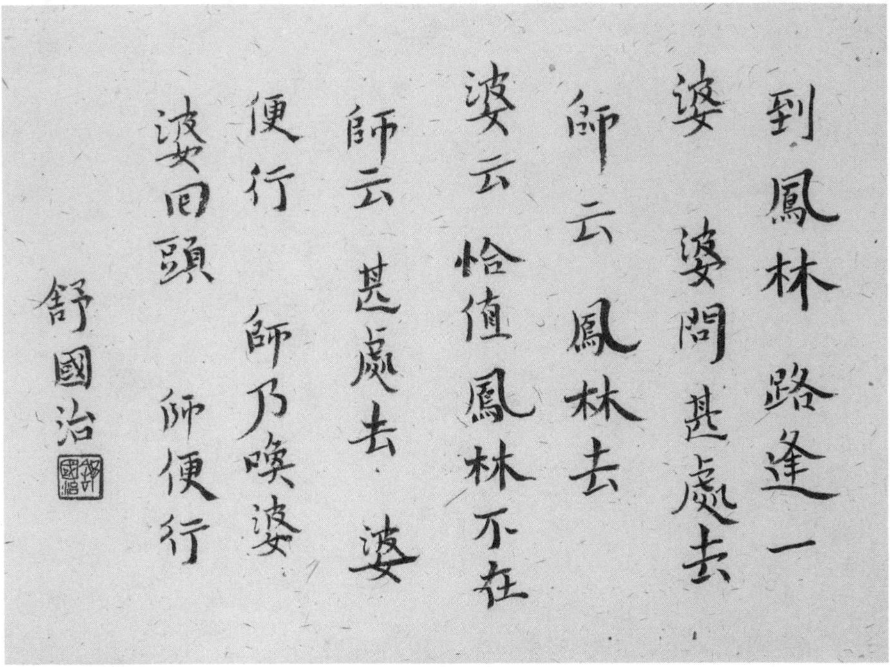
到鳳林 路逢一
婆 婆問甚處去
師云 鳳林去
婆云 恰值鳳林不在
師云 甚處去 婆
便行 師乃喚婆
婆回頭 師便行
舒國治

禪宗公案

野梨酸澀類枳斷桃根接之稍可啖再接之三接之甘脆遠過哀梨可見人不可不相與好人也

舒國治

舒國治

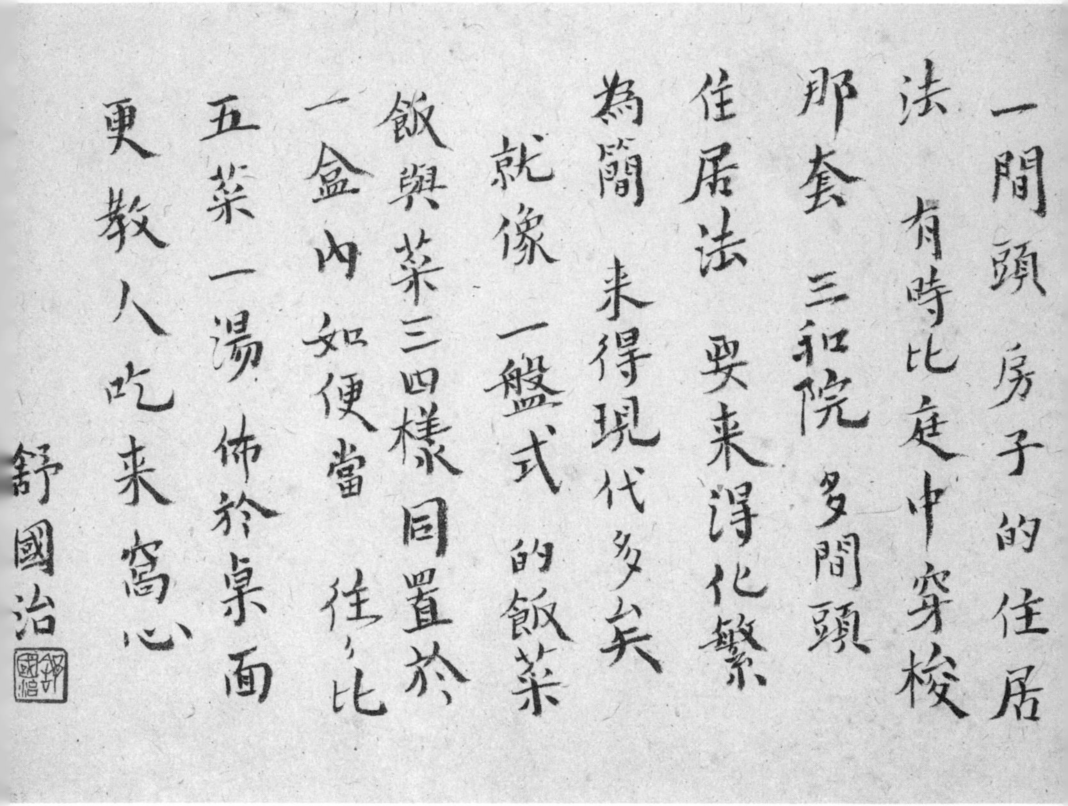

一間頭房子的住居法 有時比庭中穿梭那套 三和院 多間頭住居法 要來得化繁為簡 来得現代多矣 就像 一盤式的飯菜 飯與菜三四樣同置於一盒內 如便當 往往比五菜一湯 佈於桌面更教人吃來窩心

舒國治

〈單間瓦房住起來未必遜於三合院〉

我與寫字

源起

大約在九一、九二年，每次從美國返回台灣，有一種機票，可免費在香港停留，停個四、五天再飛回台北。

在香港大街小巷深遊，真是趣味盎然。後來在不少「老鋪子」，看到色澤發黃的「竹紙」，價極廉，順手買了幾落，想，將來或可用來寫字。

但一直弄到九七年，某日深夜喝完酒回家，猶不想睡，東摸摸西摸摸，竟然寫起毛筆字來。

噫，竟然人到了一個年歲，**會想到他身體裏或他的生命裏，**

是不是應該做什麼呢！

那是四十多歲時的事情。

到了六十出頭，似乎想動筆想得更頻了。

寫字前用來試墨的破紙

寫什麼呢？

一開始，要寫什麼呢？

最先想到的，是我最喜愛或說熟悉的，或說親切的，總之離我不遠的，古人的句子。

好比說，唐詩。

於是張九齡的〈望月懷遠〉（海上生明月……），就寫下了。再來杜甫的「四更山吐月，殘夜水明樓……」，再來像李頻的「嶺外音書絕，經冬復歷春……」。然後陶詩也寫了，「惜哉劍術疏，奇功遂不成」……

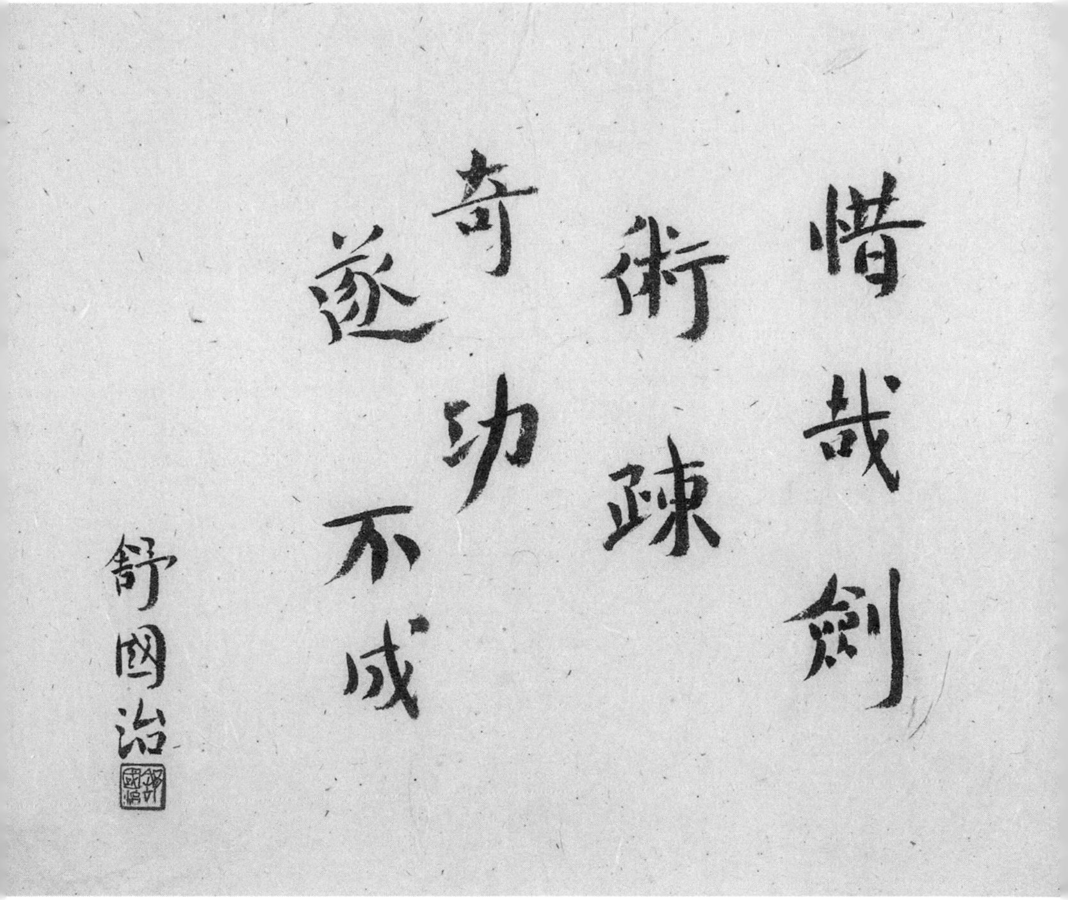

晉・陶淵明〈詠荊軻〉

當然，李白寫得最多。「玉階生白露，夜久侵羅襪……」，「花間一壺酒……」，「紀叟黃泉裏，還應釀老春……」，「稽山無賀老，卻棹酒船迴……」，「白髮三千丈……」等。

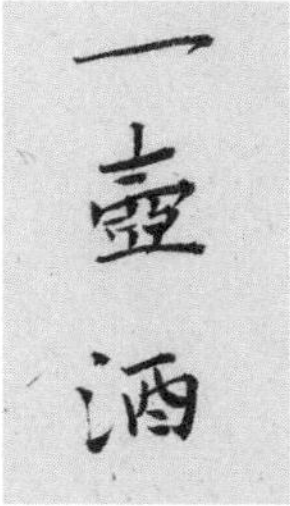

好雨知時節當春乃發生
隨風潛入夜潤物細無聲
野徑雲俱黑江船火獨明
曉看紅溼處花重錦官城

舒國治

舒國治

唐・杜甫〈春夜喜雨〉

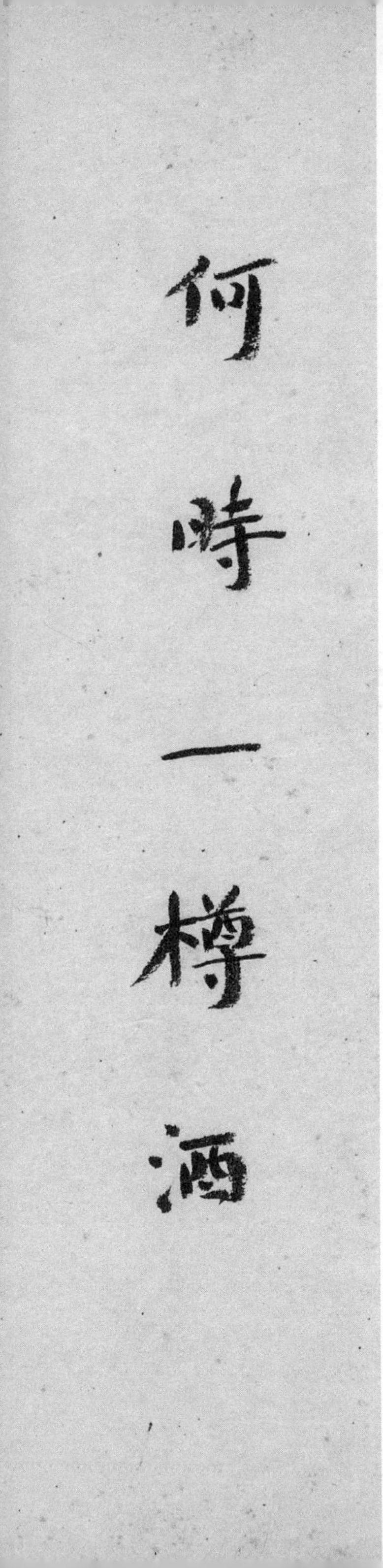

寫一段途程，而不是寫一定點

寫詩句，乃可寫一歷程。五言絕句，要寫上二十字；七言律詩，要寫上五十六字。哪怕一副對句，「何時一樽酒，重與細論文」，雖區區十字，也是一個從第一字寫到第十字的小歷程。寫完了，這途程才歇了下來。便是有這歷程，才有起落，也才有「逐漸完成」的業作。這其實是寫字的必該有的情態。

唐·杜甫〈春日憶李白〉

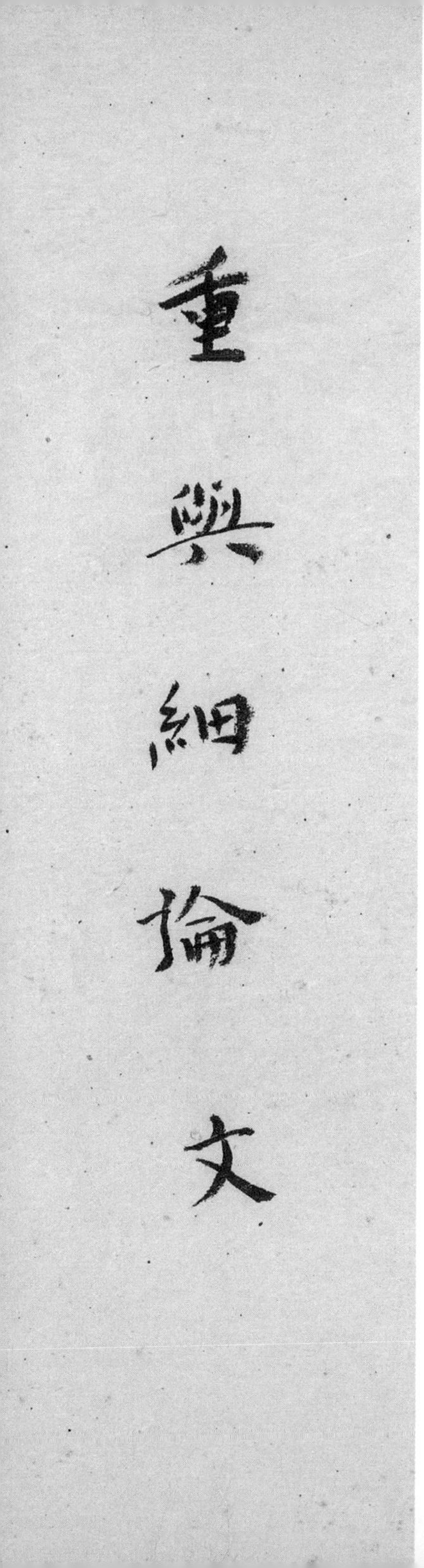

這是相對於寫單一一個字如「忍」，或單單兩個字「隨緣」，那種一起頭便完成、沒有途程之情況而言。

我沒法把紙鋪好了，準備要寫了，然後寫下去，是一個「靜」字。這樣就完成了。又另一天，把紙鋪好了，要寫了，然後寫出「圓融」二字。

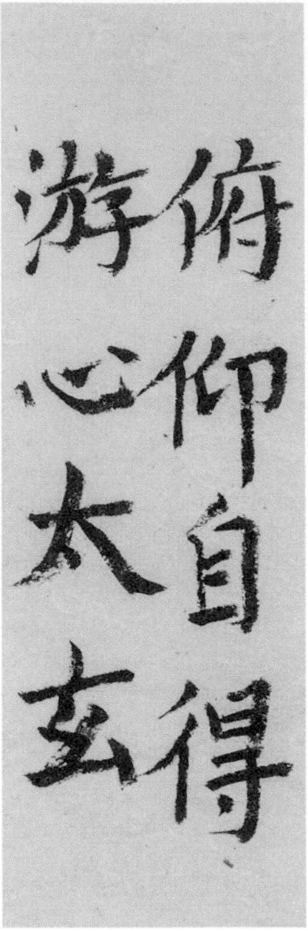

魏．嵇康〈贈秀才入軍〉

我不可能那麼樣的把字寫在紙上。

我不太會有那種寫字的情態。

我當然也不會想到要那麼樣的找取字材、然後凝注心神、涵飽墨韻，最後以筆毫揮灑在紙上。

我多麼希望只是自然把字詞連續的往下推寫，其間有撇、鉤的挪騰，有筆畫的揚動，但都是自然流露的…………可不可以別專要把那一兩個字、或把一兩個濃重的概念給煞有介事的寫出來？

有一點像，寧願打一趟幾十式的拳，而不是定著不動的「站椿」。

就算一動也不動的站椿，得來的氣比行拳更來得多。

古人常選千字文。我沒選過。

魏晉人的四言詩，我愛選。曹操的〈短歌行〉，嵇康的〈贈秀才入軍〉。古文的名篇，像〈桃花源記〉，也寫。

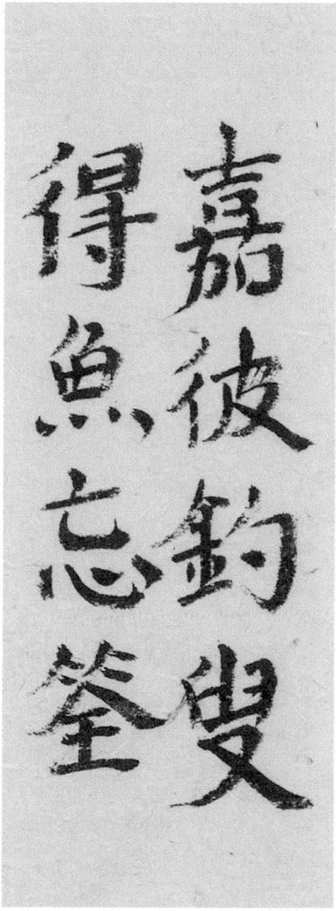

魏．嵇康〈贈秀才入軍〉

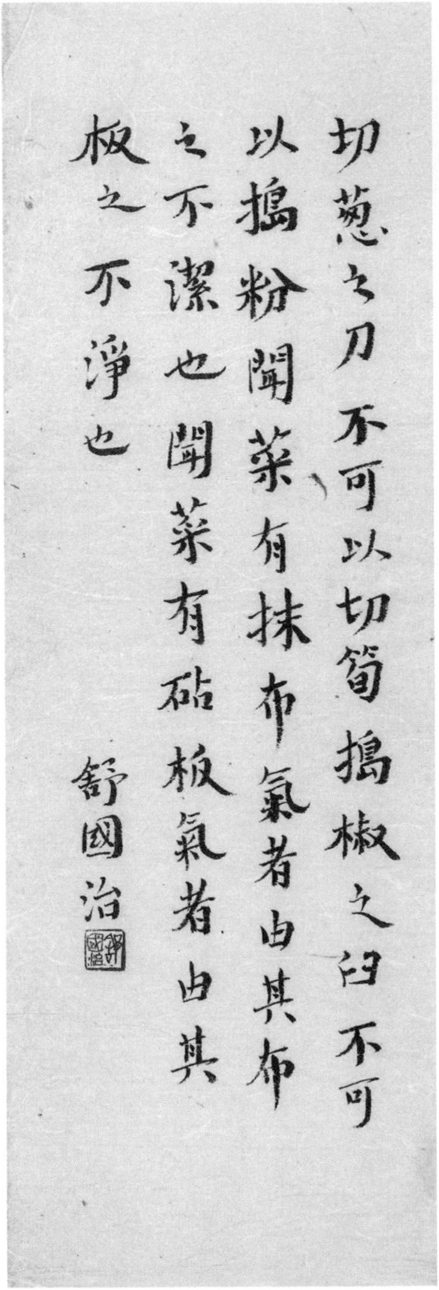
切蔥之刀不可以切筍擣椒之臼不可
以擣粉聞菜有抹布氣者由其布
之不潔也聞菜有砧板氣者由其
板之不淨也
舒國治

清·袁枚《隨園食單》

後來《笑林廣記》、禪宗的公案，晚明的小品，張潮《幽夢影》、文震亨《長物志》、袁枚《隨園食單》、鄭板橋、曹庭棟等的文章，都取來寫。唐宋八大家，是多好的古文，但選它來寫字，奇怪，總沒想到。六朝古文，教人很想選取。《顏氏家訓》，簡直太教人著迷了！

有時寫古文，奇怪，竟為了更想重溫早些年學生時的閱讀。像酈道元的《水經注》、像唐人小說的《游仙窟》首段，寫它們，像是再一次的細讀啊！如不寫，可能幾十年也不會再重讀它。

好像說，藉著寫字，把從前的古文歲月，不管苦或不苦，再去貼近一下。也有點像童時唱的〈長城謠〉、〈花非花〉今日再去唱一唱的味況。

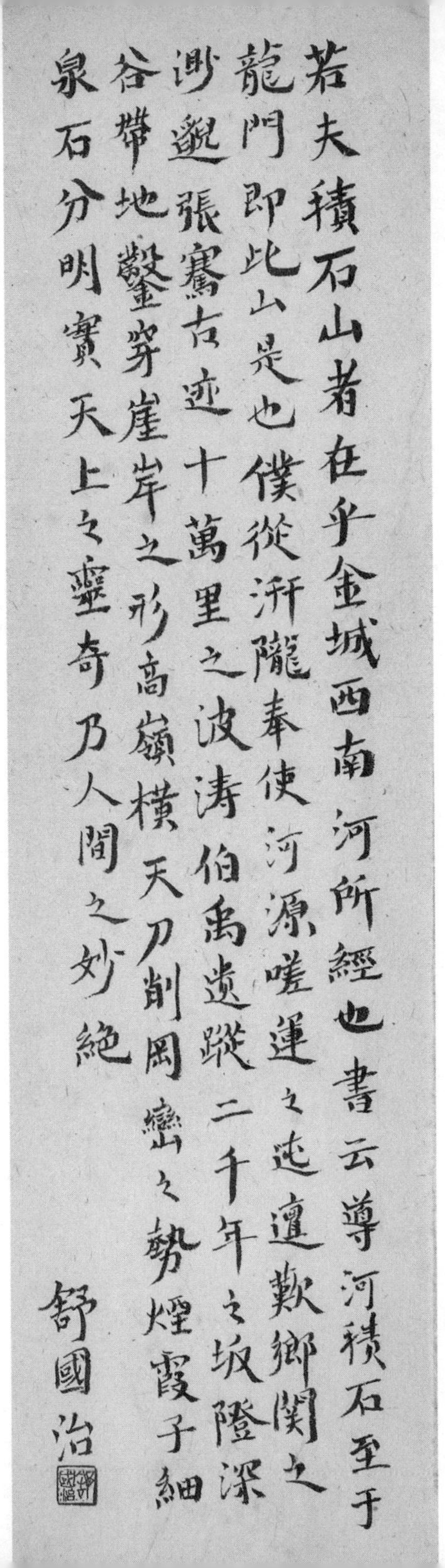
若夫積石山者在乎金城西南河所經也書云導河積石至于
龍門即此山是也僕從汧隴奉使河源嗟運之迍邅歎鄉關之
渺邈張騫古迹十萬里之波濤伯禹遺蹤二千年之坂隥深
谷帶地鑿穿崖岸之形高嶺橫天刀削岡巒之勢煙霞子細
泉石分明實天上之靈奇乃人間之妙絕
舒國治

唐 · 張文成《遊仙窟》

後來有朋友說，**你何不寫你自己的文句**？

啊，這真是一語驚醒！

但我自己的文句，該怎麼取裁呢？也就是，五十來字或八十來字，或甚至更短，怎麼選取呢？　一張紙佈寫得密密麻麻，往往有沉重之弊。但少少字句的一幅，未必能常得。

但寫自己想說的或早就慣說的文字，倒真是好方法。

於是我開始把我常存心中的主題，來分成要寫的幾類：

一、小吃竹枝詞——「東門米粉南門麵。」「問茶十八卯，看書春山外……」

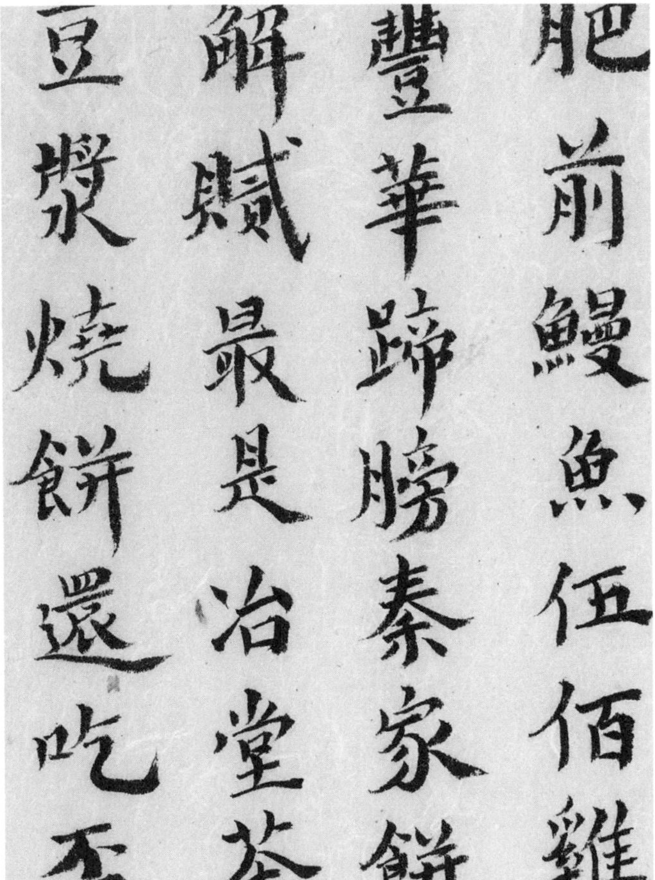
肥煎鰻魚伍佰雞
豐華蹄髈秦家餅
解賦最是治堂茶
豆漿燒餅還吃否

〈小吃竹枝詞〉

二、吃飯的看法&審美——

「地上撿的蓮霧，亦是絕好沙拉料。」「紅燒肉只能自己燒。」「配白粥最佳之物，竟是油條。」「便當好吃，是滷蛋壓過印子的那一撮飯。」「炒飯東西要少。」「豬肉好吃，要養得久些。」「老風味的菜，可能要高手躲在荒村小店，偷偷做出來。專等知音不小心撞見……」

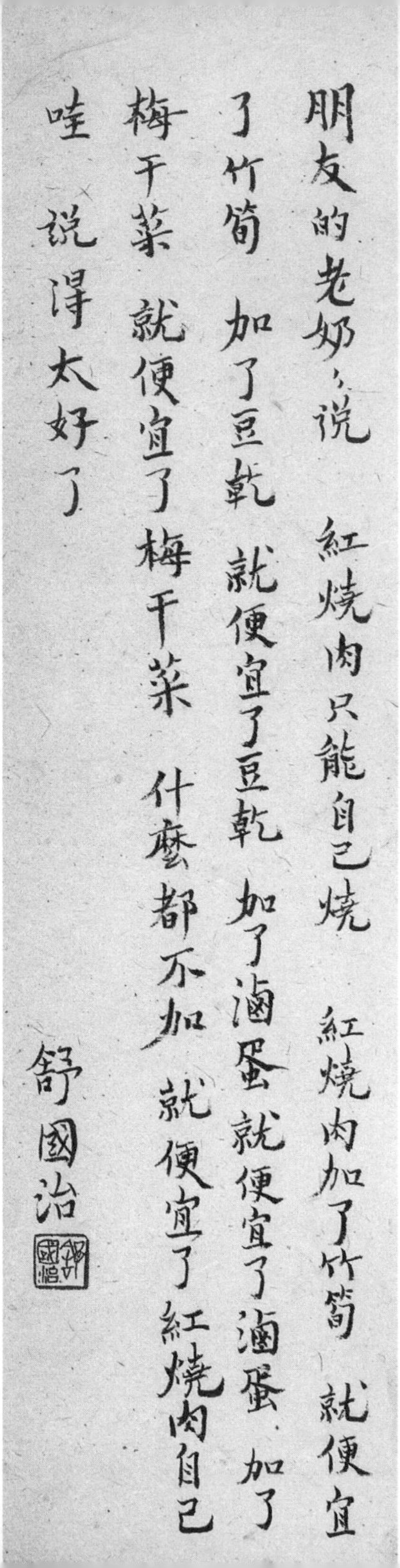
朋友的老奶奶說 紅燒肉只能自己燒 紅燒肉加了竹筍 就便宜
了竹筍 加了豆乾 就便宜了豆乾 加了滷蛋就便宜了滷蛋 加了
梅干菜 就便宜了梅干菜 什麼都不加 就便宜了 紅燒肉自己
哇 說得太好了
舒國治

〈燒紅燒肉的訣竅〉

三、日本風景之描繪——大和三山是奈良版的「鵲華秋色」。「東京郊外值得深遊如荻窪。」「日本的木造吧台之絕妙設計，廚師在內、客人在外。如同是杏壇。」

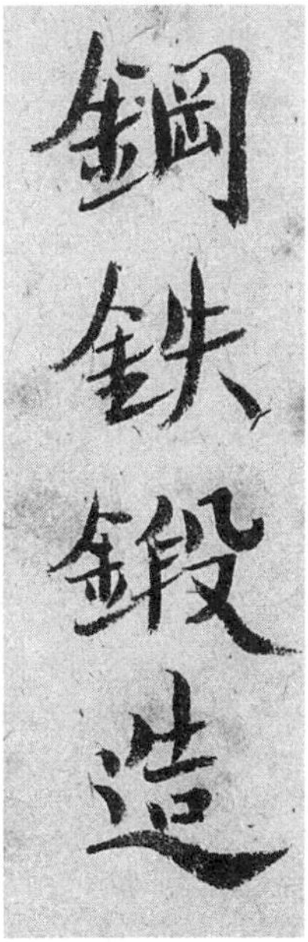

四、打拳與練功——

「公園看人打拳，一眼就知。」「站著，只打一式。」「一開始打，反把原養好的氣給攪亂了。」「令丹田與胸腹獲得起伏。」「嬰兒隨時在氣功狀態中。」

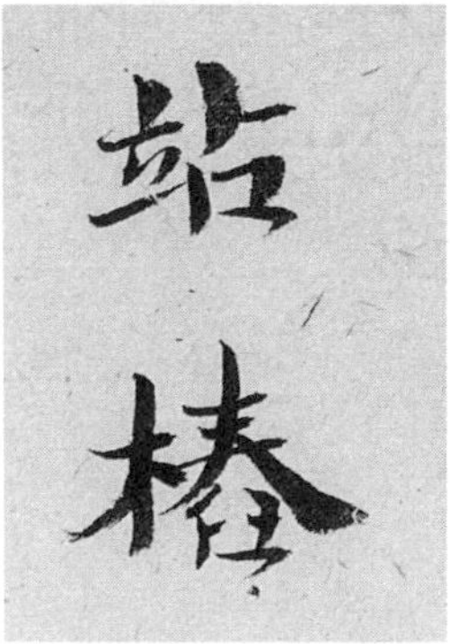

五、明清蘇州相比於江戶東京——

奇怪，我很愛動不動就拿日本來相較一番。像日本電影很早就拍得比國片高明（黑澤明《蜘蛛巢城》箭射在門上或人身上，很有力並真實……溝口健二的佈景、服裝，令古時真就像那個樣子……）。像日本的門窗，不上漆也不雕花，這種美學顯然

在壇上又割又烹

日本劍道

比明清的雕琢更透出「現代」。明朝時馮夢龍的蘇州菜可能比江戶時井原西鶴的東京菜要多勝，但今日蘇州所吃真是不及在東京吃的豐富多變啊。

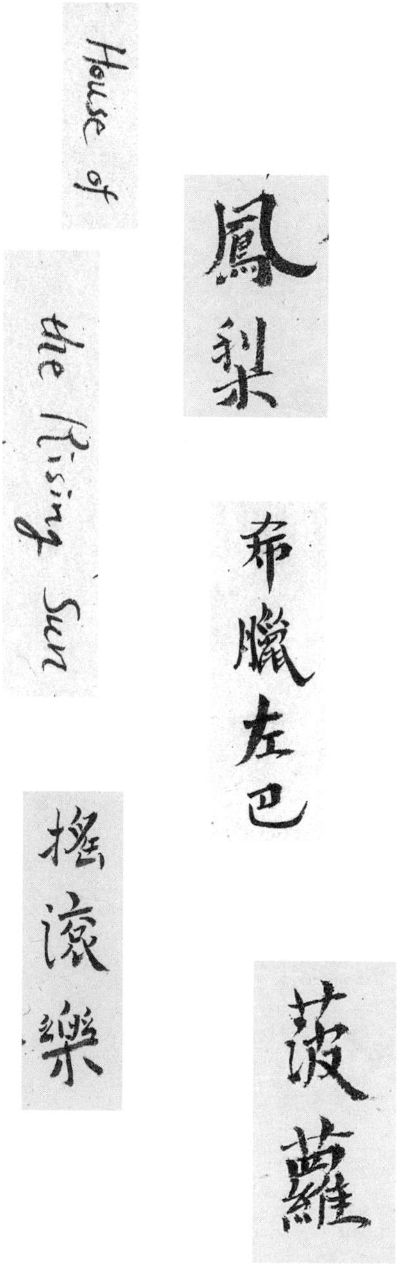
鳳梨
菠蘿
希臘左巴
搖滾樂
House of
the Rising Sun

六、五、六十年代的回憶——「藤椅竹几之輕便，乃急時棄之也易。」「一間頭房子的住居法比三合院更簡單舒服，就像一盤式飯菜比五菜一湯放上桌更好吃。」「萬新鐵路拆了成為汀州路。」「以前也有上海路。」「以前在來米也吃，十三張也打，後來都吃蓬萊米與打十六張了。」「六十年代是希臘左巴、亞蘭德倫、中華商場……」

七、**永和的回憶**——「金永祥、包國良等在六十年代所居的天堂。」「郭良蕙、楊念慈的書名最適合的安靜小鎮。」「打麻將，唱京戲，泡香片最像的場景。」

後來一回看，我選寫的東西，竟都是不自禁的圍繞於「修身」。**莫非人在中年想找來從事之務，自然會環繞在修身這一主題上？**哪怕回憶五、六十年代生活，也不自禁讚賞類似「家徒四

吐一口釅痰

永和這樣的小鎮

壁」的那種清貧所透出的「極簡」之美。哪怕寫鄭板橋，總寫「好罵人，尤好罵秀才。」「世間第一等人，只是農夫。」古人尺牘中「鳥之飛也迎風……，此如大事當前，須以身入……」「野梨……斷桃根接之……甘脆遠過哀梨。」

正因為寫字，遂常常回憶。回憶中，找出了昔年生活相當教人賞嘆的部份。於是這也是審美了。

好比說，我原就愛講的「家徒四壁」美學。乃五十年代太多家庭便是那麼生活的。故我寫「客廳那張桌子，擺上飯菜是飯桌，小孩寫功課是書桌，客人來打牌了，是牌桌。」「藤椅竹几，為了輕便好棄。像是暫時。但一暫，暫了幾十年……」

而我愛寫永和。乃永和在我的童年審美經驗中，占有很重份量。乃它在五十、六十年代是「即將消逝的民國氣」最後猶存並存得極豐足的一塊寶地！　當年永和的豆漿燒餅，只是其中一個景象而已。

結果我自己一看，哇，豈不是有點我的片段「回憶錄」的味道？因為這裏包含的，太多是時代的痕跡！太多的飄散而去的過往！

六十年代台北猶有上海路後来成了林
森南路火車站前面直到台視前面那一
條路都叫中正路後来成了忠孝西路以
及一小段忠孝東路與八德路早先也有
八德路是南北向的便是如今四維路當年叫
八德乃有意貫穿忠孝仁愛信義和平這四
條路然當年僅自和平開到仁愛圓環實是
後時忠孝路猶未開至悠遠也後来索性改
成四維路自己則跑去取代中正路算了

舒國治

〈原來也有上海路〉

倘一個人經過了抗戰的顛沛
經過了四九年的迢迢遷徙頓時
覺得老了 只想頹唐的打發
晚年歲月 泡一杯香片 哼兩
句京戲 吐一口釅痰 打四圈麻
將 那世界上沒有一個地方
比得上這裏 永和

舒國治

〈永和，戰後的天堂〉

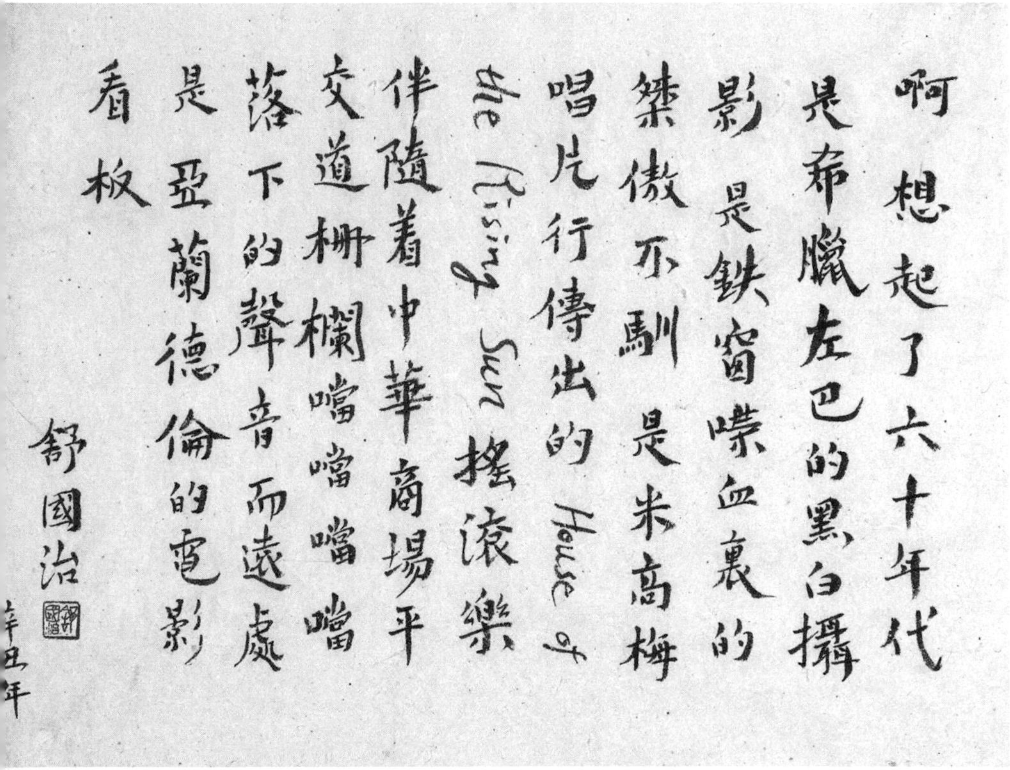
啊想起了六十年代
是希臘左巴的黑白攝
影 是鐵窗喋血裏的
桀傲不馴 是米高梅
唱片行傳出的 House of
the Rising Sun 搖滾樂
伴隨着中華商場平
交道柵欄噹噹噹噹
落下的聲音而遠處
是亞蘭德倫的電影
看板
舒國治
辛丑年

〈遠去的六十年代〉

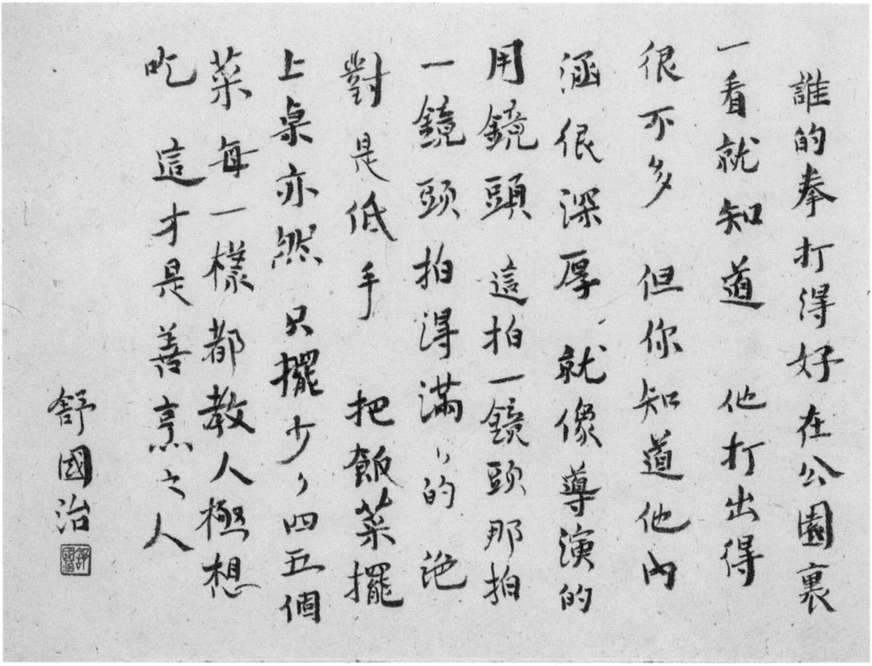
誰的拳打得好在公園裏
一看就知道 他打出得
很不多 但你知道他內
涵很深厚 就像導演的
用鏡頭 這拍一鏡頭那拍
一鏡頭 拍得滿滿的 絕
對是低手 把飯菜擺
上桌亦然 只擺少少四五個
菜 每一樣都教人極想
吃 這才是善烹之人
舒國治

〈會用眼，高手也被你瞧見〉

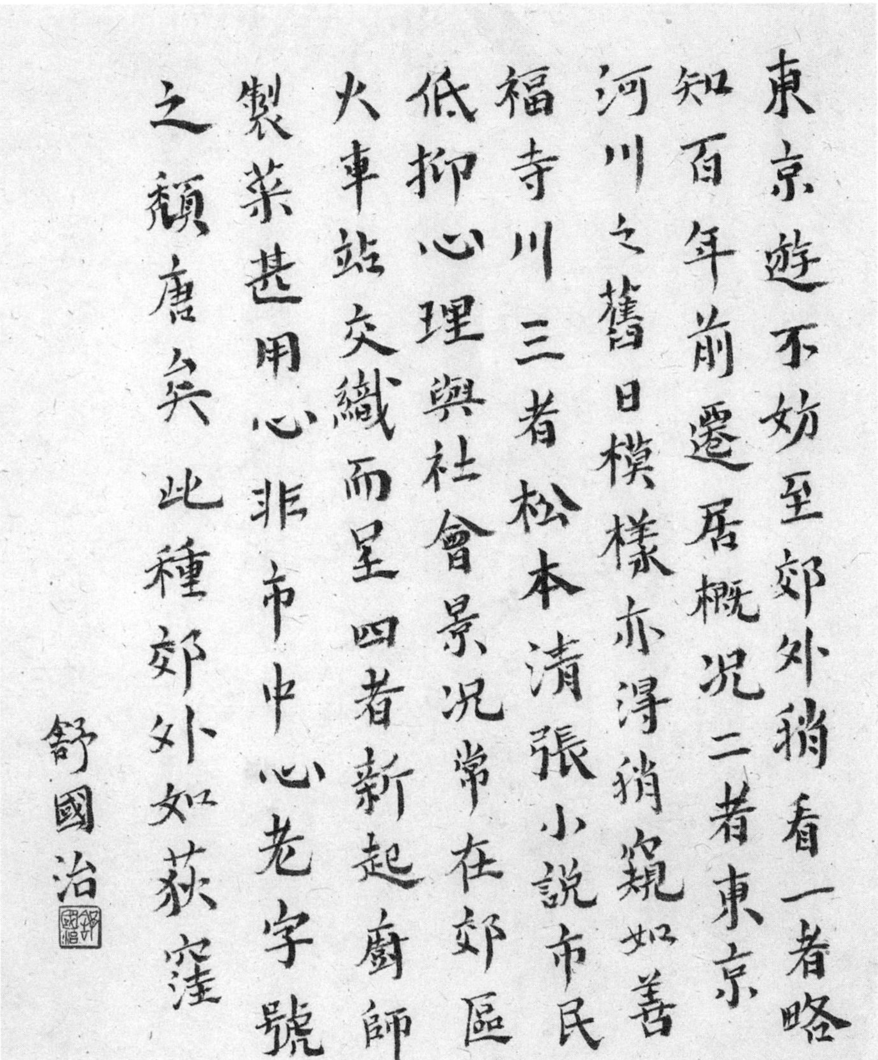
東京遊不妨至郊外稍看一者略知百年前遷居概況二者東京河川之舊日模樣亦得稍窺如善福寺川三者松本清張小說市民低抑心理與社會景況常在郊區火車站交織而呈四者新起廚師製菜甚用心非市中心老字號之頹唐矣此種郊外如荻窪

舒國治

〈東京郊外，甚有可看〉

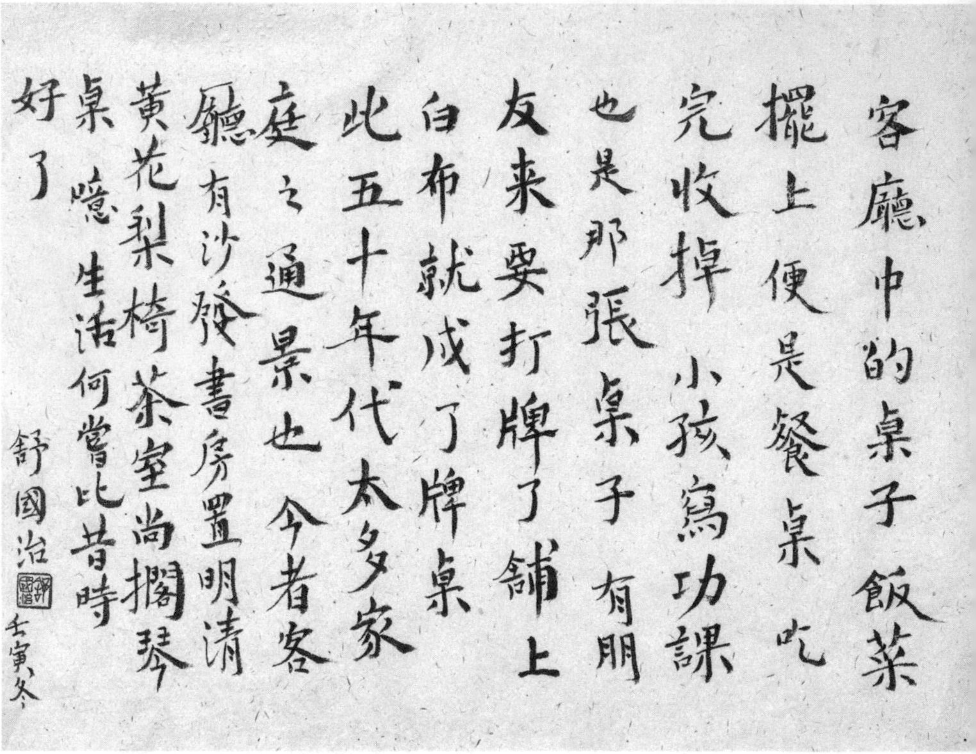
客廳中的桌子飯菜
擺上便是餐桌吃
完收掉小孩寫功課
也是那張桌子有朋
友來要打牌了鋪上
白布就成了牌桌
此五十年代太多家
庭之通景也今者客
廳有沙發書房置明清
黃花梨椅茶室尚擱琴
桌噫生活何嘗比昔時
好了
舒國治
壬寅冬

〈五十年代那張桌子，簡直萬用〉

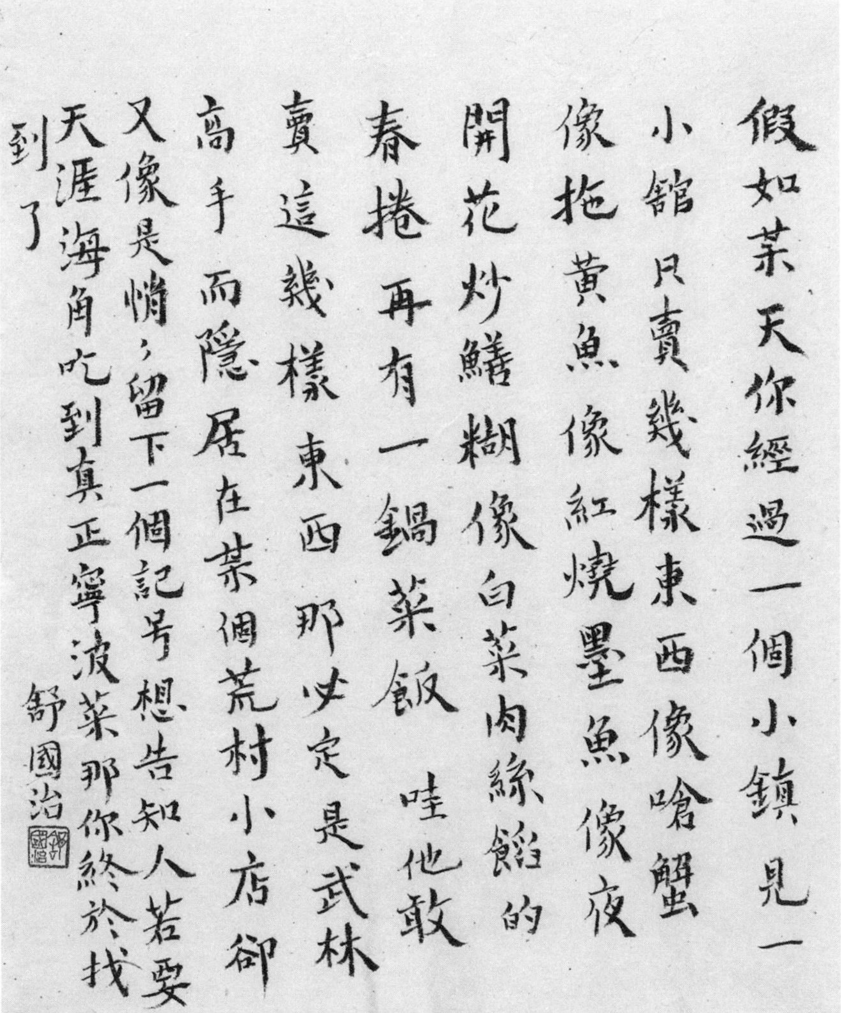
假如某天你經過一個小鎮見一
小館只賣幾樣東西像嗆蟹
像拖黃魚像紅燒墨魚像夜
開花炒鱔糊像白菜肉絲餡的
春捲再有一鍋菜飯 哇他敢
賣這幾樣東西那必定是武林
高手而隱居在某個荒村小店卻
又像是悄々留下一個記号想告知人若要
天涯海角吃到真正寧波菜那你終於找
到了
舒國治

〈善烹者也可像武林高手〉

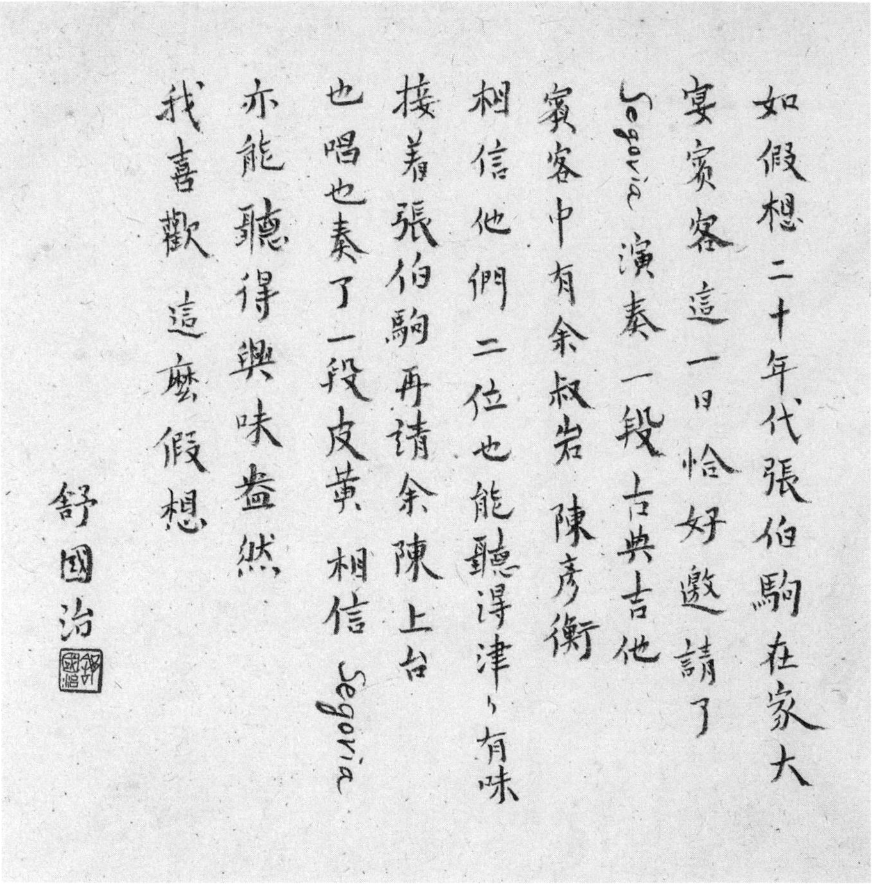
如假想二十年代張伯駒在家大
宴賓客這一日恰好邀請了
Segovia 演奏一段古典吉他
賓客中有余叔岩 陳彥衡
相信他們二位也能聽得津〻有味
接着張伯駒再請余陳上台
也唱也奏了一段皮黄 相信 Segovia
亦能聽得興味盎然
我喜歡 這麼假想
舒國治

〈中西的音樂，何嘗不能相通〉

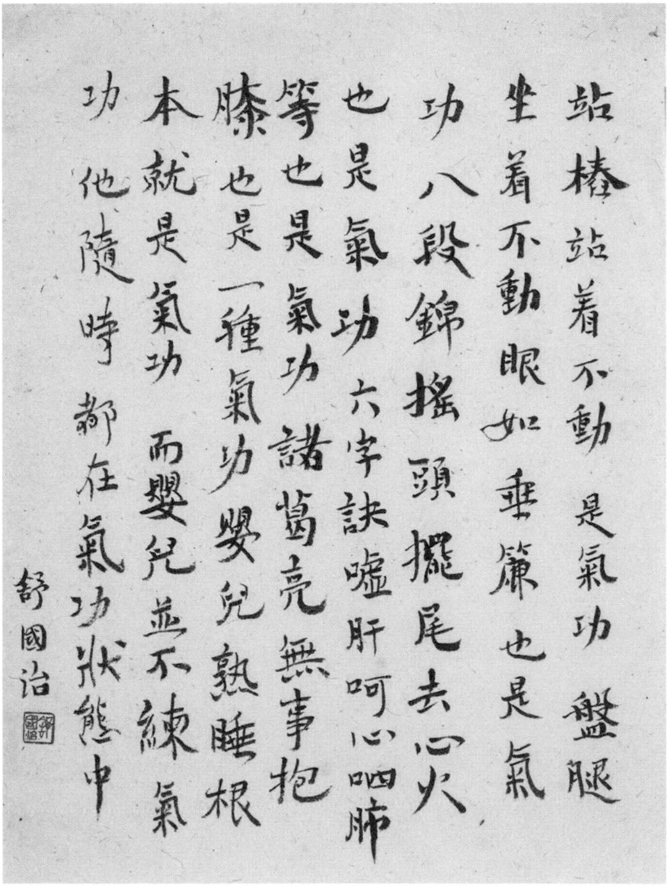
站樁
站着不動 是氣功 盤腿
坐着不動眼如垂簾也是氣
功八段錦搖頭擺尾去心火
也是氣功 六字訣噓肝呵心呬肺
等也是氣功諸葛亮無事抱
膝也是一種氣功嬰兒熟睡根
本就是氣功 而嬰兒並不練氣
功他隨時都在氣功狀態中
舒國治

〈氣功，怎麼都能練。但學做嬰兒……〉

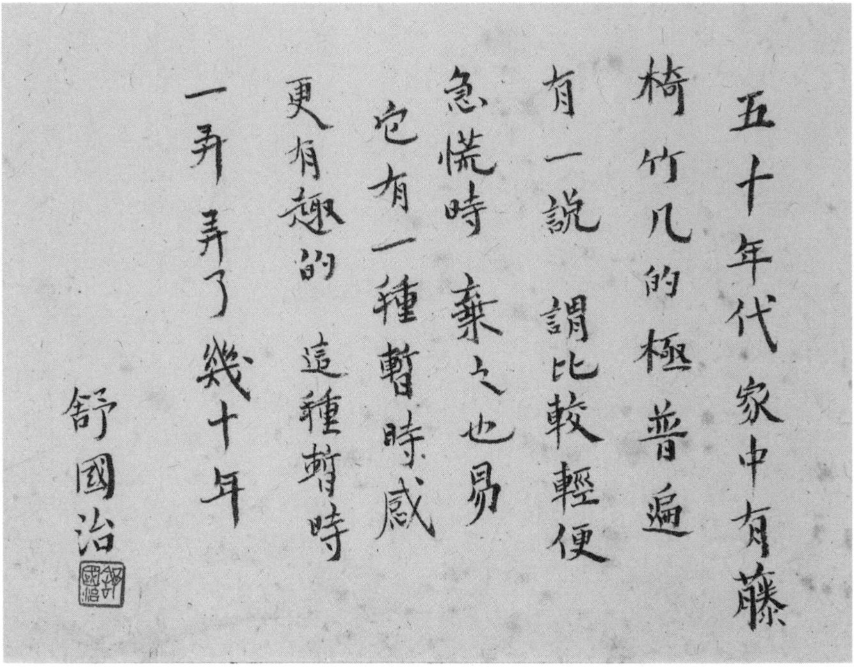
五十年代家中有藤
椅竹几的極普遍
有一說 謂比較輕便
急慌時 棄之也易
它有一種暫時感
更有趣的 這種暫時
一弄弄了幾十年
舒國治

〈極簡的美學，五十年代家家如此〉

〈六十年來生活變化〉

以前在来米也有很高的食用者後
全吃蓬萊米了這就像原本打十一
張的很普遍後来全打十六張了以
前切仔麵的店很多後来式微了
而外省的白麵更普及了以前菠
還有人叫後来全叫鳳梨了甚至
輕一輩完全不知菠蘿為何物哪
吃菠蘿麵包 此我所見六十年變化

舒國治

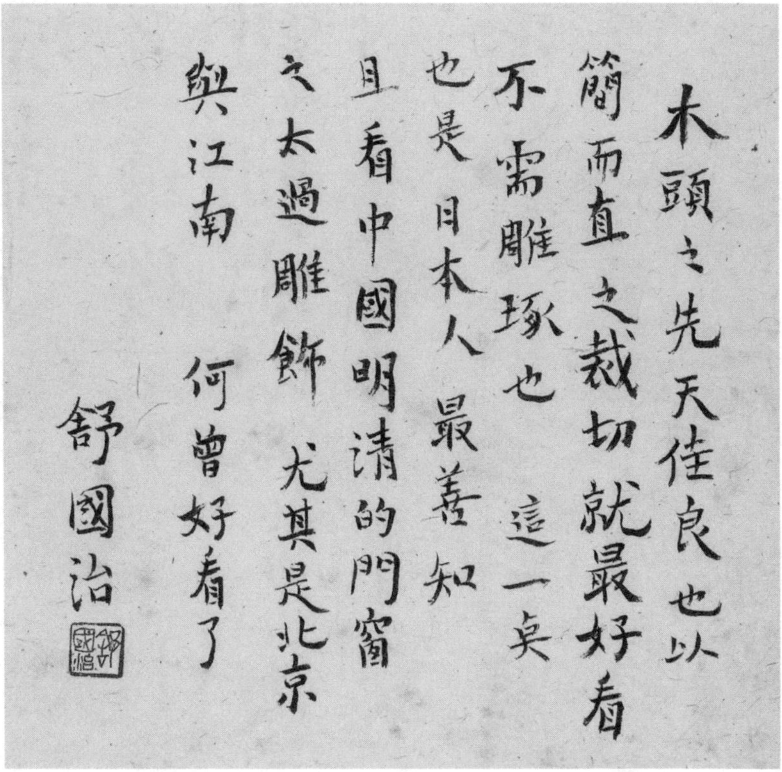
木頭之先天佳良也以
簡而直之裁切就最好看
不需雕琢也 這一桌
也是日本人最善知
且看中國明清的門窗
之太過雕飾 尤其是北京
與江南 何曾好看了
舒國治

〈日本人太懂木頭，故不上漆也不雕〉

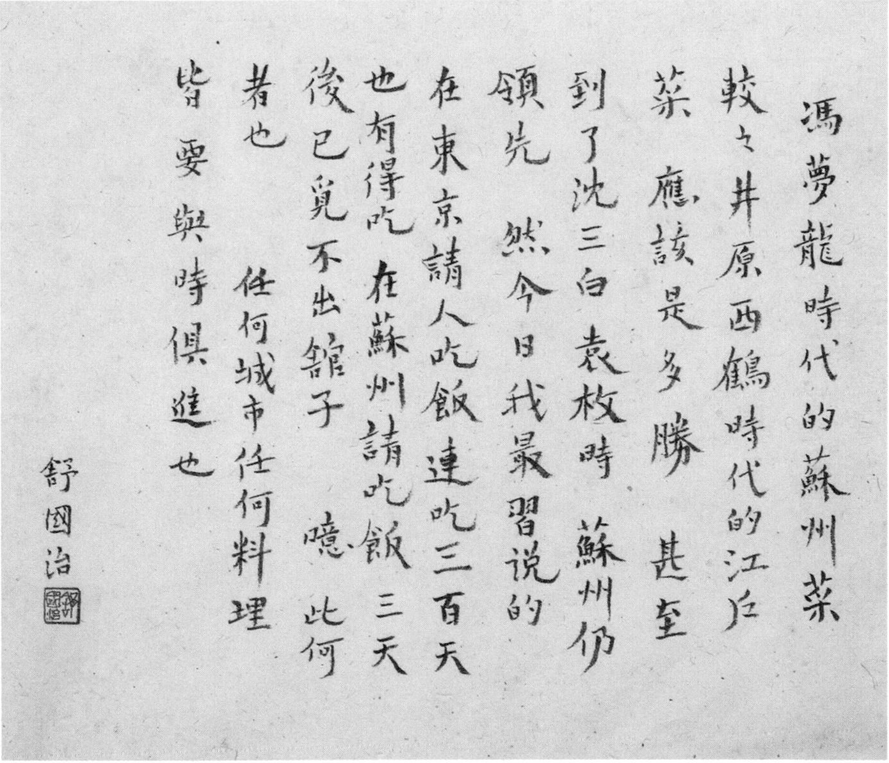
馮夢龍時代的蘇州菜
較之井原西鶴時代的江戶
菜應該是多勝 甚至
到了沈三白 袁枚時 蘇州仍
領先 然今日我最習說的
在東京請人吃飯連吃三百天
也有得吃 在蘇州請吃飯 三天
後已覓不出館子 噫 此何
者也 任何城市任何料理
皆要與時俱進也
舒國治

〈明代蘇州與江戶東京之比較〉

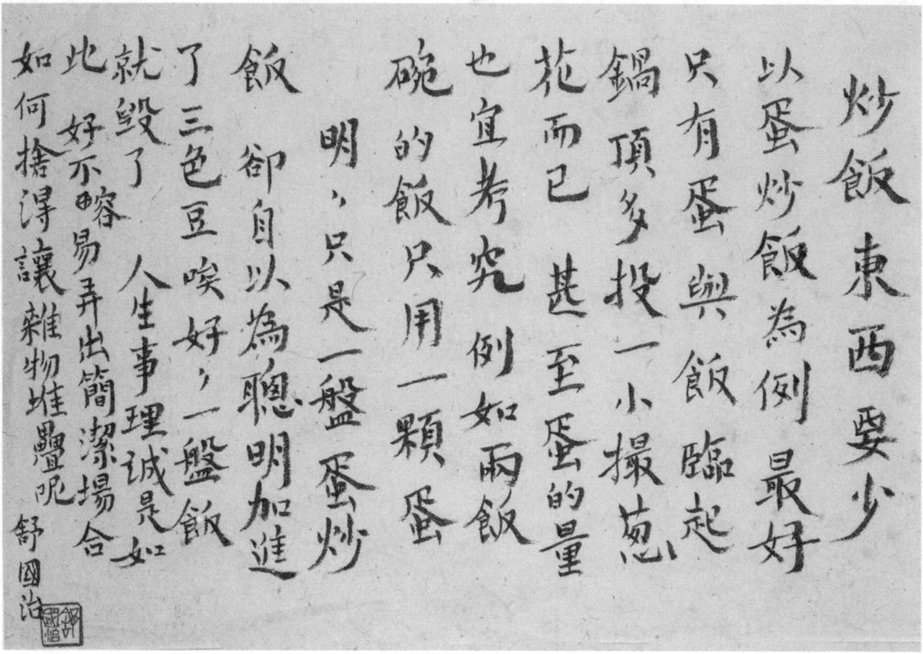

炒飯東西要少 以蛋炒飯為例 最好只有蛋與飯 臨起鍋頂多投一小撮葱花而已 甚至蛋的量也宜考究 例如兩飯碗的飯只用一顆蛋 明明只是一盤蛋炒飯 卻自以為聰明加進了三色豆 唉 好好一盤飯就毀了 人生事理誠是如此 好不容易弄出簡潔場合 如何捨得讓雜物堆疊呢

舒國治

〈炒飯的美學〉

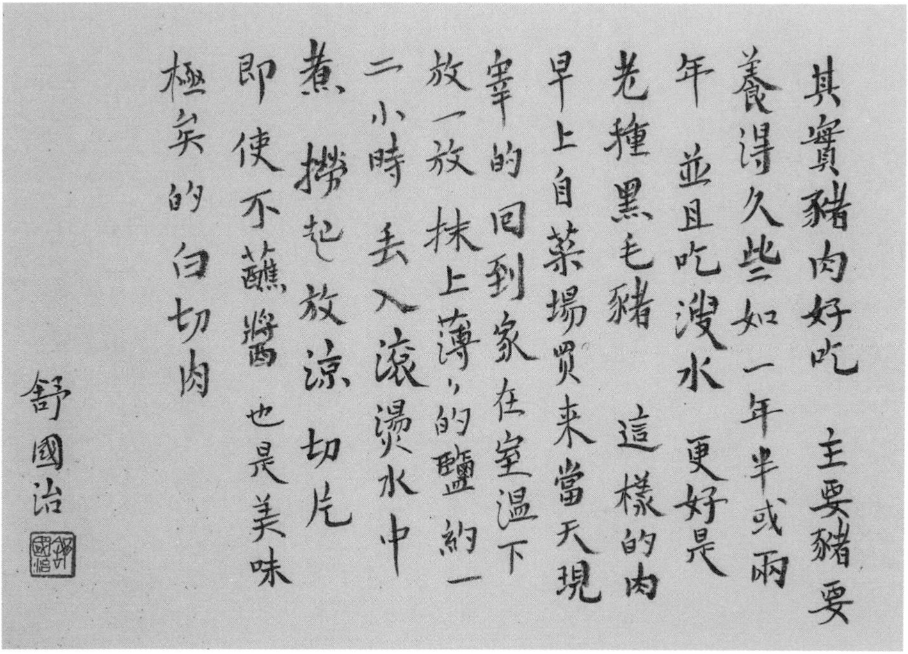
其實豬肉好吃 主要豬要
養得久些 如一年半或兩
年 並且吃潲水 更好是
老種黑毛豬 這樣的肉
早上自菜場買来 當天現
宰的 回到家 在室温下
放一放 抹上薄薄的鹽 約一
二小時 丟入滾燙水中
煮 撈起 放涼 切片
即使不蘸醬 也是美味
極矣的白切肉
舒國治

〈豬肉也有講究〉

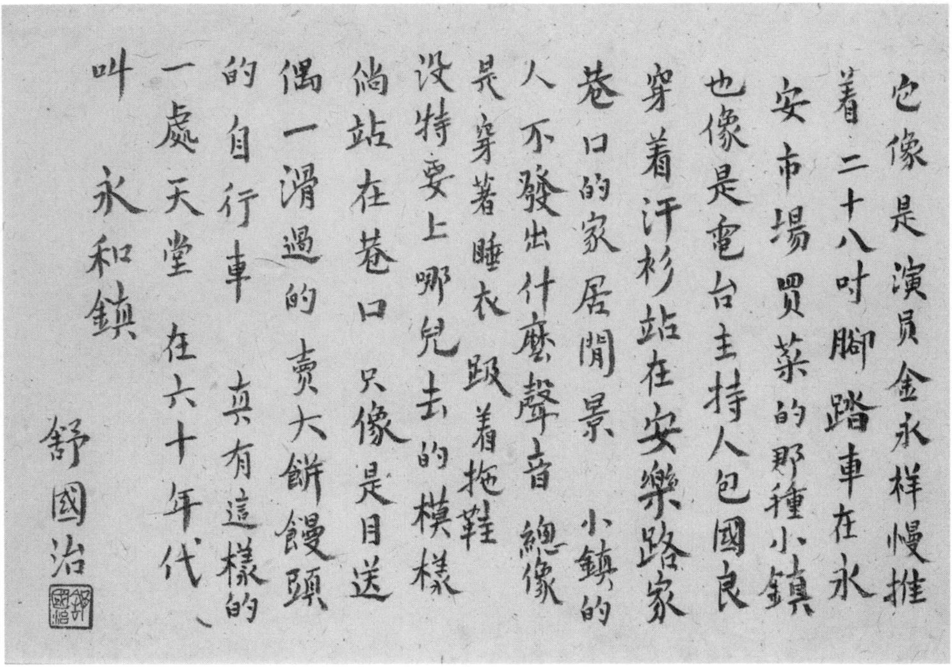

也像是演員金永祥慢推
着二十八吋腳踏車在永
安市場買菜的那種小鎮
也像是電台主持人包國良
穿着汗衫站在安樂路家
巷口的家居閒景　小鎮的
人不發出什麼聲音　總像
是穿著睡衣趿着拖鞋
沒特要上哪兒去的模樣
倘站在巷口　只像是目送
偶一滑過的賣大餅饅頭
的自行車　真有這樣的
一處天堂　在六十年代、
叫永和鎮
舒國治

〈永和的六十年代街頭巷尾〉

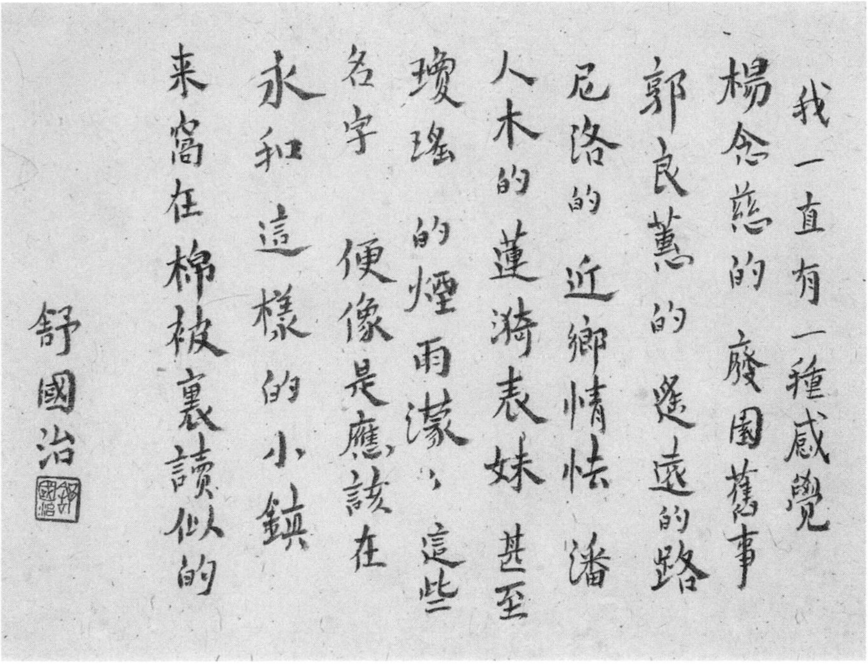
我一直有一種感覺
楊念慈的廢園舊事
郭良蕙的遙遠的路
尼洛的近鄉情怯 潘
人木的蓮漪表妹 甚至
瓊瑤的煙雨濛濛 這些
名字 便像是應該在
永和這樣的小鎮
来窩在棉被裏讀似的
舒國治

〈在被窩裏看長篇小說的好地方〉

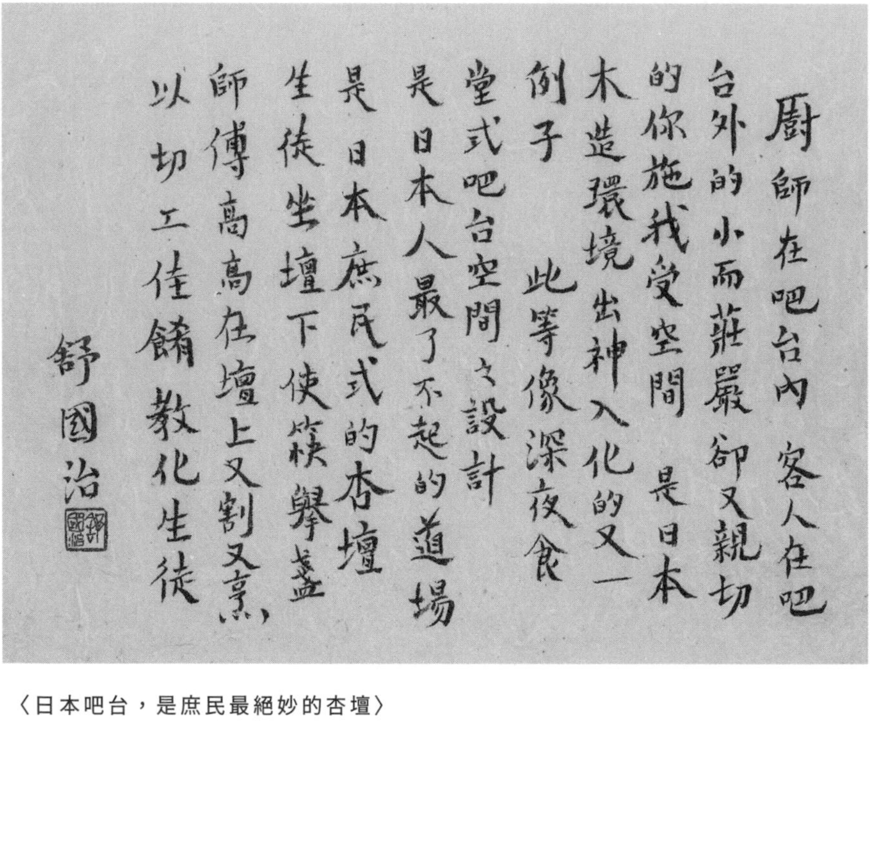
廚師在吧台內 客人在吧
台外的小而莊嚴卻又親切
的你施我受空間 是日本
木造環境出神入化的又一
例子 此等像深夜食
堂式吧台空間之設計
是日本人最了不起的道場
是日本庶民式的杏壇
生徒坐壇下使筷舉盞
師傅高高在壇上又割又烹
以切工佳餚教化生徒
舒國治

〈日本吧台，是庶民最絕妙的杏壇〉

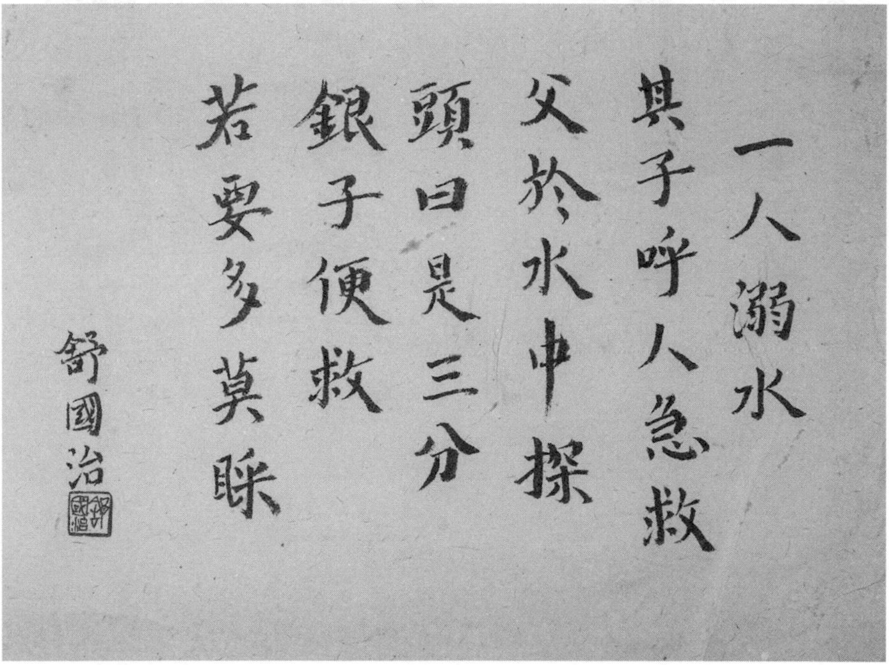
一人溺水
其子呼人急救
父於水中探
頭曰是三分
銀子便救
若要多莫睬
舒國治

清·《笑林廣記》

花非花
霧非霧
夜半来
天明去

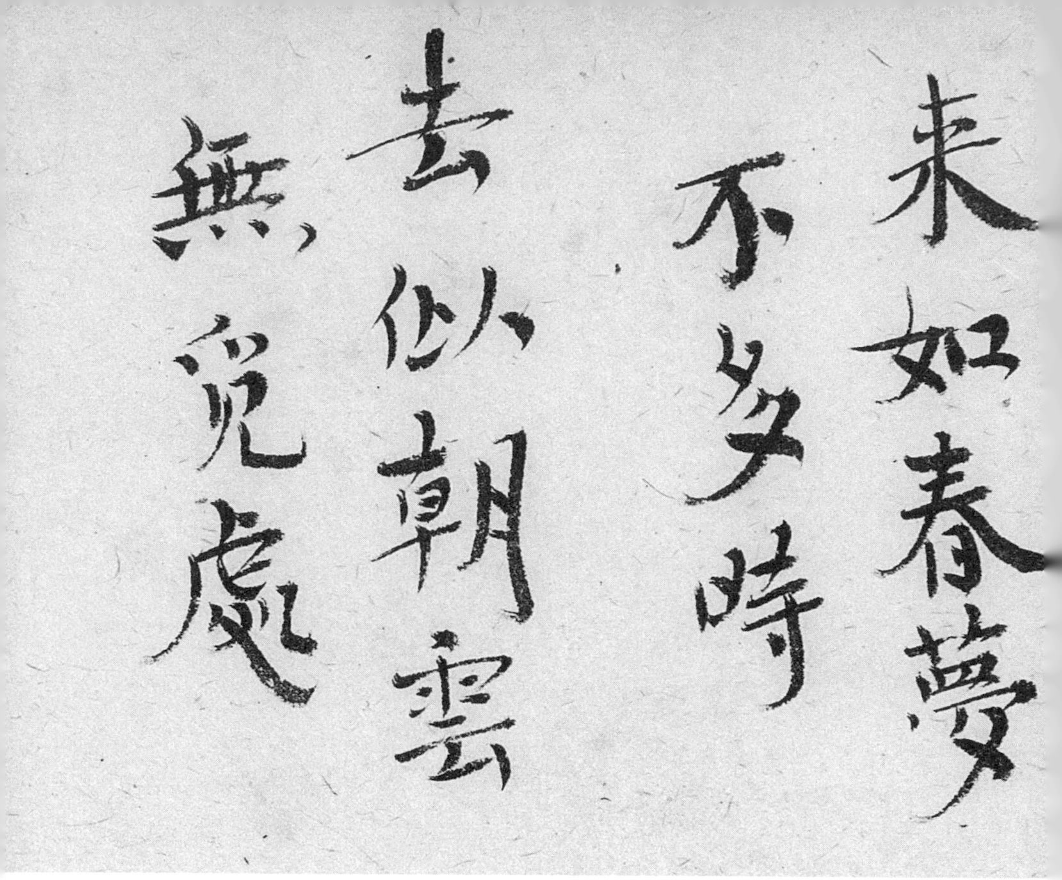
來如春夢
不多時
去似朝雲
無覓處

唐·白居易〈花非花〉

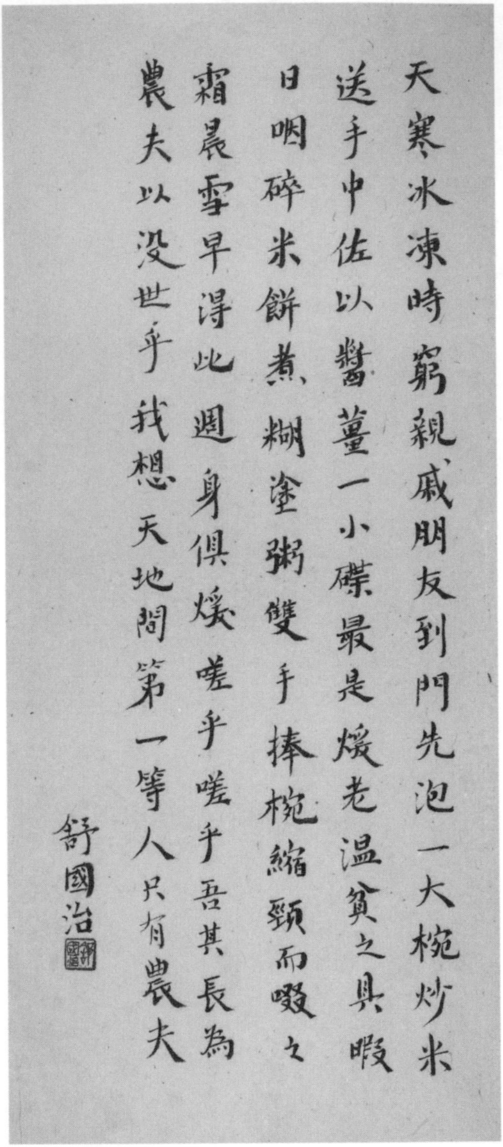

天寒冰凍時窮親戚朋友到門先泡一大椀炒米送手中佐以醬薑一小碟最是煖老温貧之具暇日咽碎米餅煮糊塗粥雙手捧椀縮頸而啜之霜晨雪早得此週身俱煖嗟乎嗟乎吾其長為農夫以沒世乎我想天地間第一等人只有農夫

舒國治

清・鄭板橋文

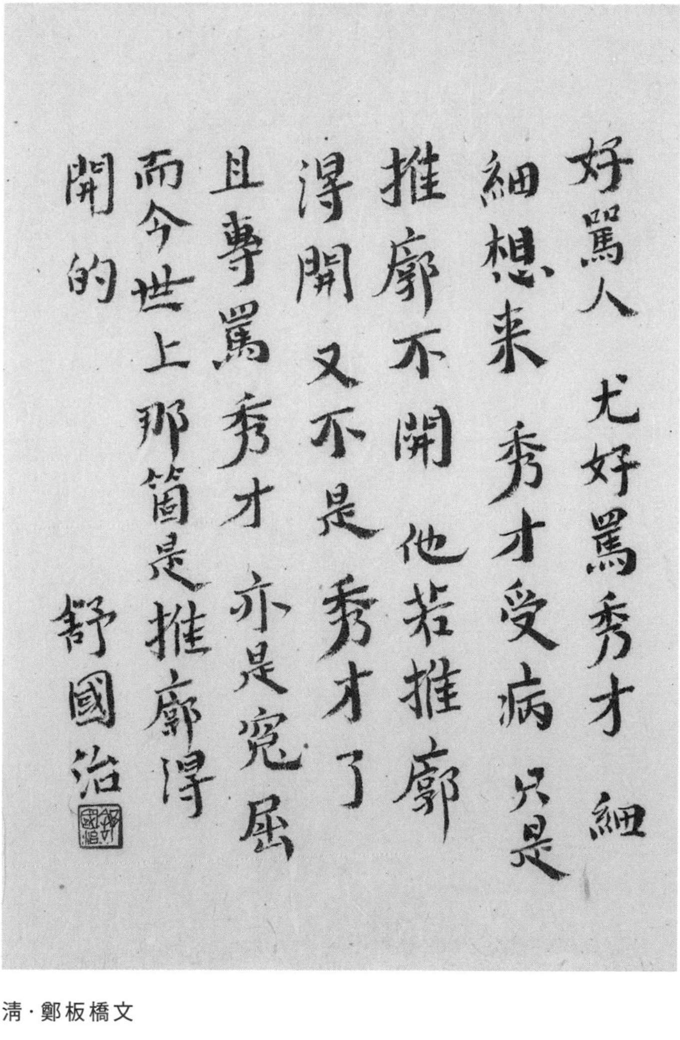
好罵人 尤好罵秀才 細
細想来 秀才受病 只是
推廓不開 他若推廓
淂開 又不是秀才了
且專罵秀才 亦是冤屈
而今世上那箇是推廓淂
開的
舒國治

清·鄭板橋文

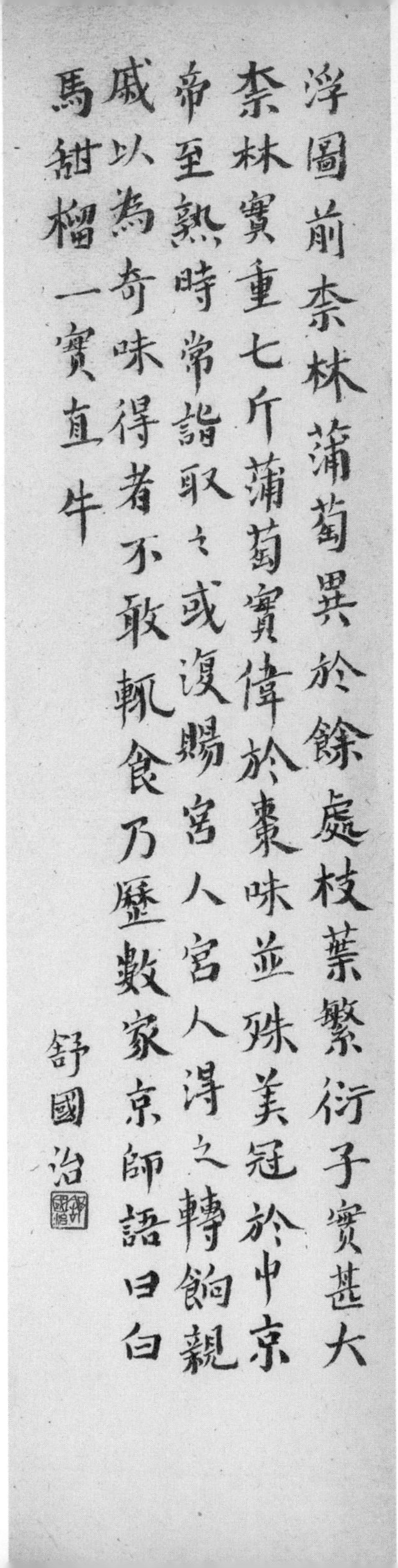
浮圖前柰林蒲萄異於餘處枝葉繁衍子實甚大
柰林實重七斤蒲萄實偉於棗味並殊美冠於中京
帝至熟時常詣取々或復賜宮人宮人得之轉餉親
戚以為奇味得者不敢輒食乃歷數家京師語曰白
馬甜榴一實直牛
舒國治

北朝·楊衒之
《洛陽伽藍記》

鳥之飛也迎風魚之游也逆水此如大事當前須以身入方得就理若廻身退避鮮不摧敗洗心退藏此是平日言之臨事殊不爾爾

舒國治

説到選字體

寫《世說新語》，除了雋語雋人極教我慕，有時也為了，只取少少幾字的篇章來寫。像我一直想寫「吾門中久不見如此人」，一直想寫「見何次道飲酒，使人欲傾家釀」，一直想寫「郭子玄語議，如懸河瀉水，注而不竭」等古時器度，遂覺得最好不宜寫小字，要寫稍大些。並且，仍是寫成楷書。

聞啼鳥

有些詞句，似乎要飛草一點。像「春眠不覺曉」，我總覺得不可四四方方寫成莊重，如隸，如楷。而嵇康的〈贈秀才入軍〉（目送歸鴻，手揮五絃……）**我直覺要寫成厚重楷體。**並且寫得稍大些。而曹操的〈短歌行〉相較之下，可稍小些，且楷體也可稍靈動些。

對酒當歌人生幾何

何以解憂惟有杜康

而《笑林廣記》中的文字，更是要工整的寫成楷體，乃更嘲諷也！(「有廚子在家切肉，匿一塊……」「孫康映雪讀書………曰：我看今日不像個下雪的。」

不知怎的，當我一想到可取《笑林廣記》中的趣文來入字，奇怪，心中有一股高興！　好像，我馬上要惡作劇了，那不是很樂嗎？　的這種心理。

但絕對不是搗蛋。　是一種「中國人難道不能講一個傻乎乎的笑話，讓人掛在牆上，不時的笑一笑嗎？」　那種念頭。

它掛在牆上，不宜太大。不宜太工整。但絕不可太胡筆揮畫。

要有一點嚴肅，但不用裝蒜。最後的效果是冷面笑匠之效果！

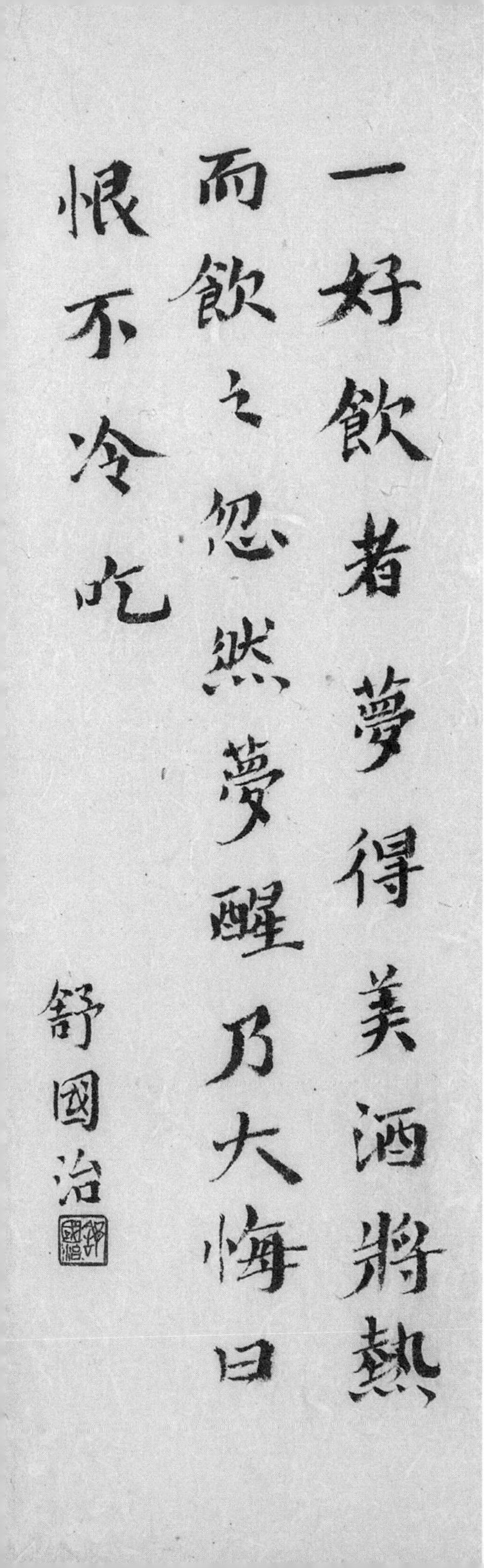
一好飲著夢得美酒將熱
而飲之忽然夢醒乃大悔曰
恨不冷吃
舒國治

清·《笑林廣記》

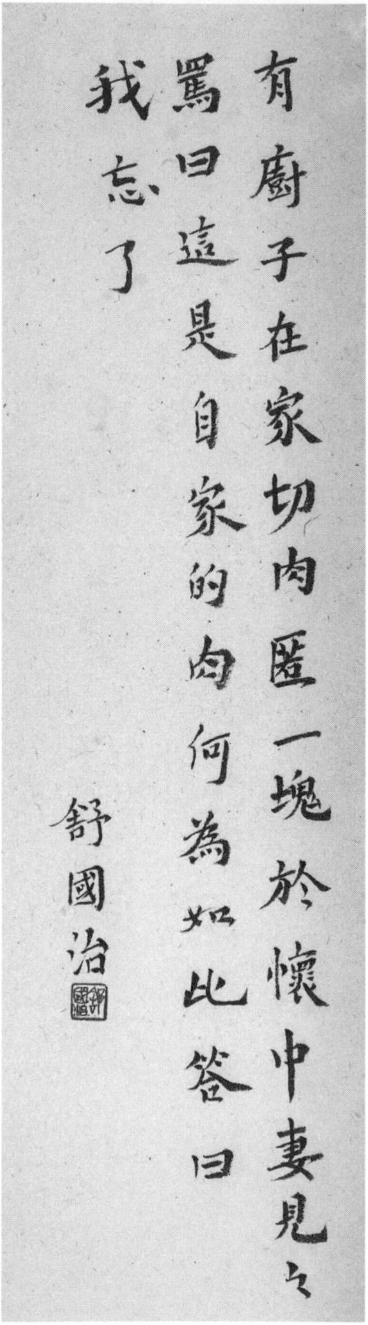
有廚子在家切肉匿一塊於懷中妻見々罵曰這是自家的肉何為如此答曰我忘了
舒國治

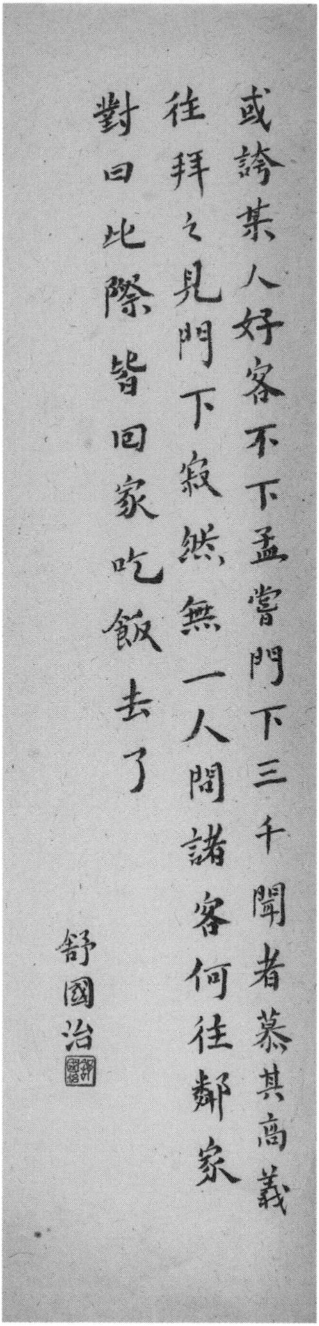
或誇某人好客不下孟嘗門下三千聞者慕其高義往拜々見門下寂然無一人問諸客何往鄰家對曰此際皆回家吃飯去了
舒國治

清·《笑林廣記》

你去想像，《笑林廣記》什麼人寫它適合呢？看來賈景德未必適合。莫德惠、梁寒操未必適合。黃國書也未必適合。譚延闓也未必適合。葉公超呢，倒還適合些。他脾氣起伏之時，他的字來寫《笑林》，確實可以。于右任呢，也比太多黨國為官者，要適合。尤其那一筆草書，寫諧謔笑話，更像是有「不甚經意」之妙。最適合的，是吳稚暉。不惟他的字本就有說故事式之平時流瀉的寓高明於滄箇之妙，他人的詼諧與愛找樂子的度日常態，也是寫《笑林》的絕配之人。

突然想到，孫中山的字，很適合寫《笑林》。乃他的字體很普闊人生。哪怕你現在把他寫演講稿的各時期字，集字成《笑林》小文，絕對風神爽颯！

車胤囊螢讀
書孫康映雪
讀書一日康
往拜胤不遇
問何往門者
曰出外捉螢
火蟲去了已

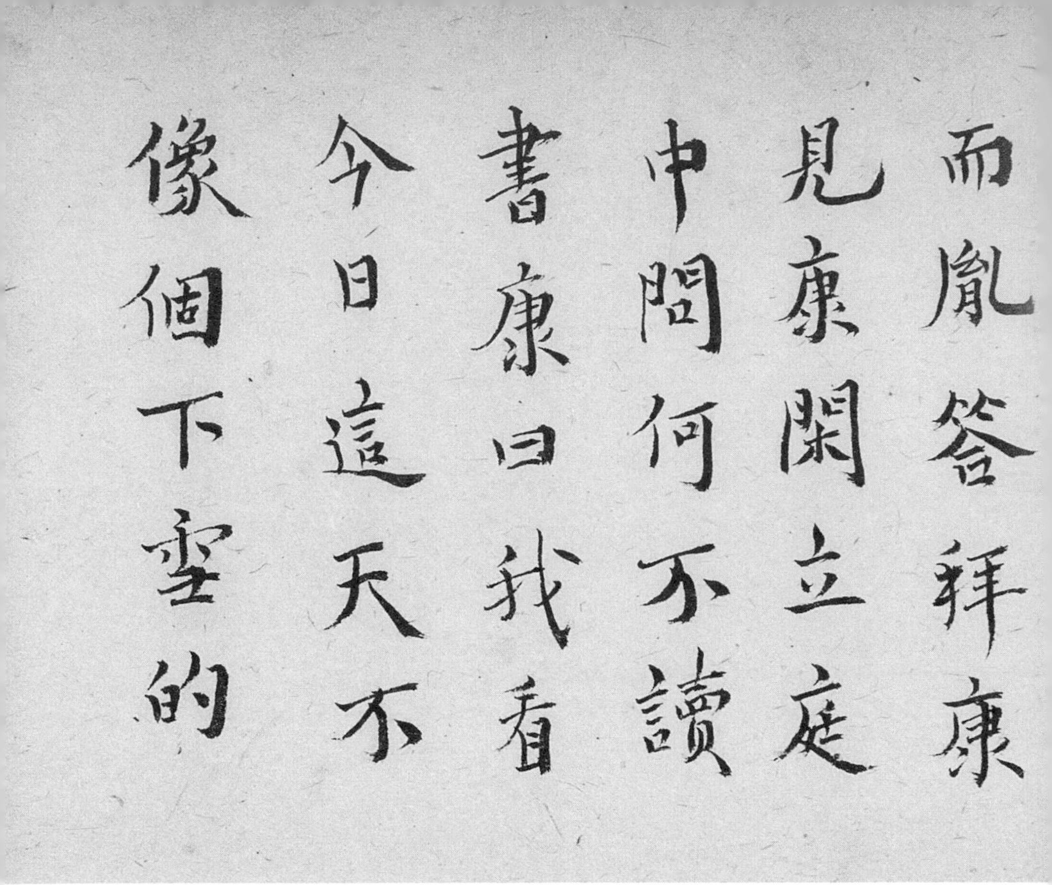
而胤答拜康
見康閑立庭
中問何不讀
書康曰我看
今日這天不
像個下雪的

清・《笑林廣記》

寫〈桃花源記〉。這是一篇所有華人都最喜歡的文章，我好想好想找一天也來寫它。

有一天我忽然想到，我要把最剛好的幾段詞句「裝放」在這一頁那一頁裏。像其中有一頁要有「山有小口，髣髴若有光，便捨船，從口入」，其中有一頁要有「有良田美池桑竹之屬，阡陌交通，雞犬相聞」，再有一頁要有「來此絕境，不復出焉，遂與外人間隔。問今是何世，乃不知有漢，無論魏晉」。

結果就提筆一寫，寫了七張Ａ４大小的紙，每一張約四、五十字，哇，寫完真是高興。高興這樣的鋪排與隨手的寫出。

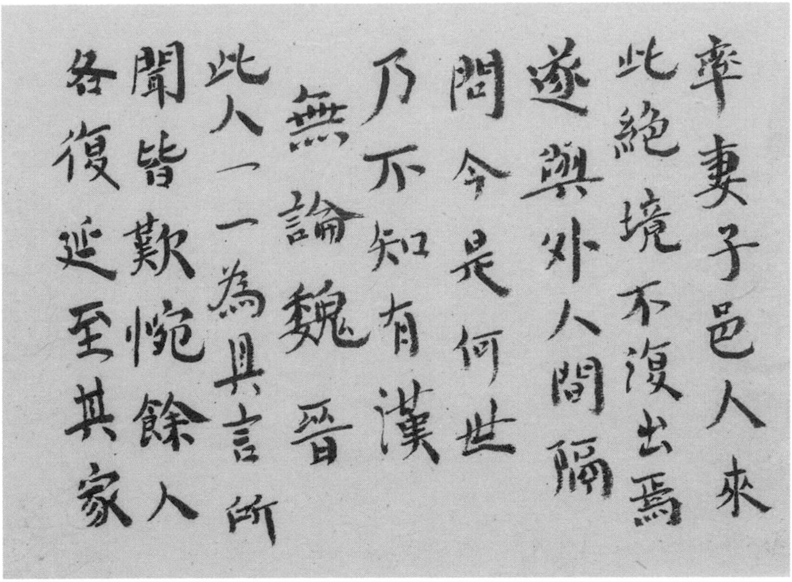
率妻子邑人來
此絕境不復出焉
遂與外人間隔
問今是何世
乃不知有漢
無論魏晉
此人一一為具言所
聞皆歎惋餘人
各復延至其家

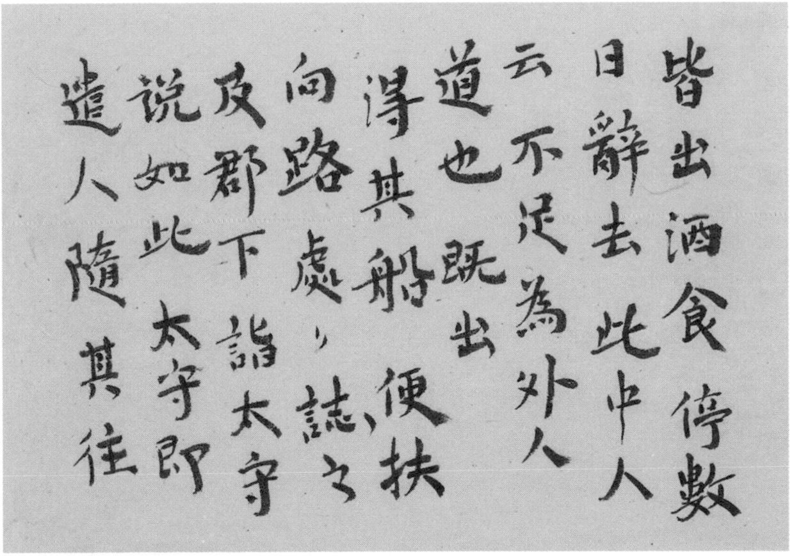
皆出酒食停數
日辭去此中人
云不足為外人
道也既出
得其船便扶
向路處處誌之
及郡下詣太守
說如此太守即
遣人隨其往

晉・陶淵明〈桃花源記〉

我自己最愛寫〈春江花月夜〉。

因為它最長。　我可以一直寫江啊、月啊、水啊、春啊、人啊……接著又是江啊月啊、江啊月啊……，像是爵士樂一般的不停的即興、不停的轉圈圈，卻一直有變化，一直不膩。

寫完一次，擱下筆，可以好好呼出一口氣了。這就又可以好幾年不用再寫它了！

其實，在二十多年裏，我只寫過三次。我都覺得很喜歡。雖然也看到一些沒寫好的地方。

我很希望每隔不太久我又想寫它。像每一兩年什麼的。〈春江花月夜〉，要寫什麼體？我覺得，根本別想，就下筆吧，寫成什麼就是什麼！尤其那麼多的「同字」像江啊月啊，是否該每字寫成不一樣？我一想，完全不用！它們自然會各不完全一樣。

年初照人人生
月待何人但見
浦上不勝愁誰

唐·張若虛〈春江花月夜〉局部

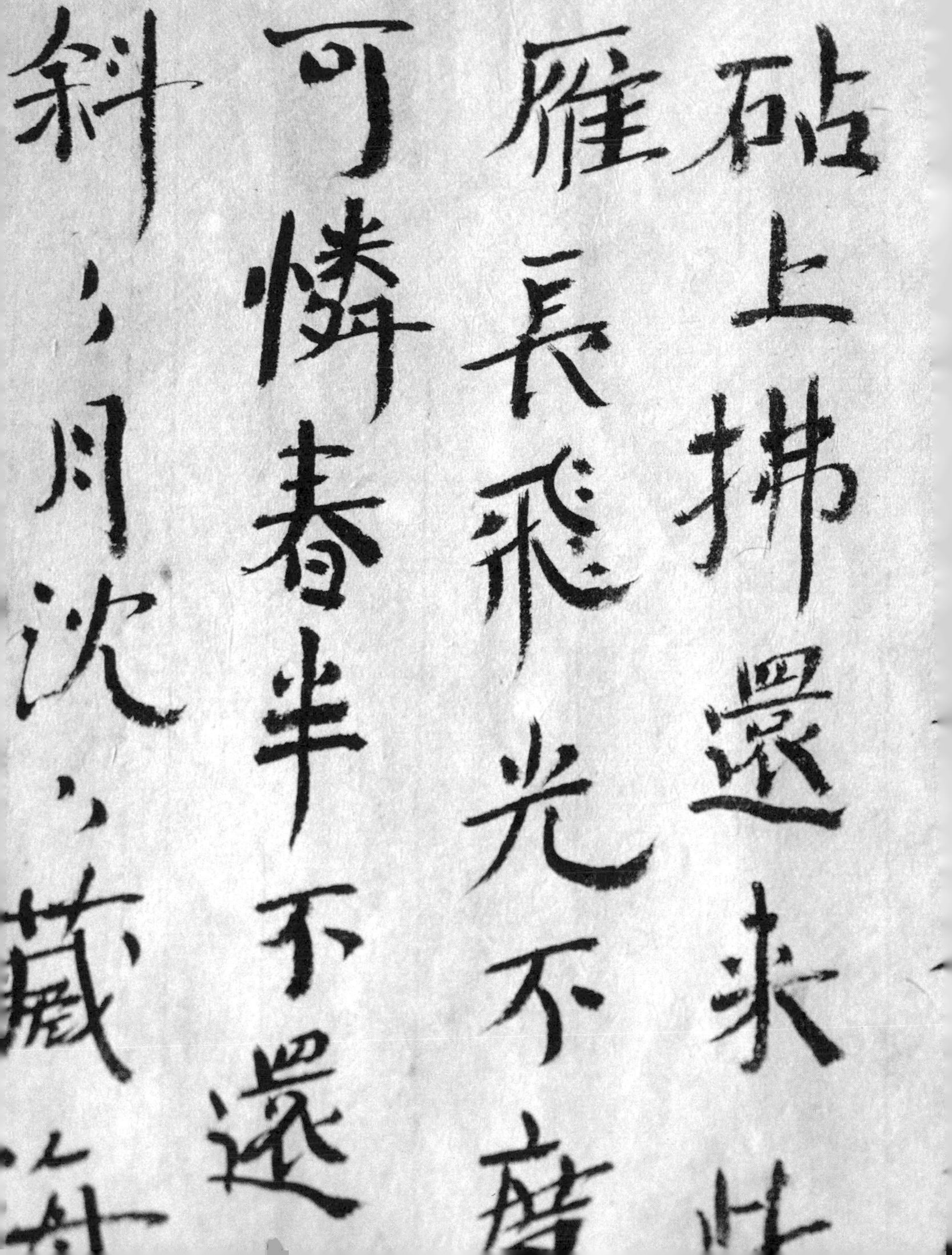
砧上拂還來
雁長飛光不度
可憐春半不還
斜々月沉々藏

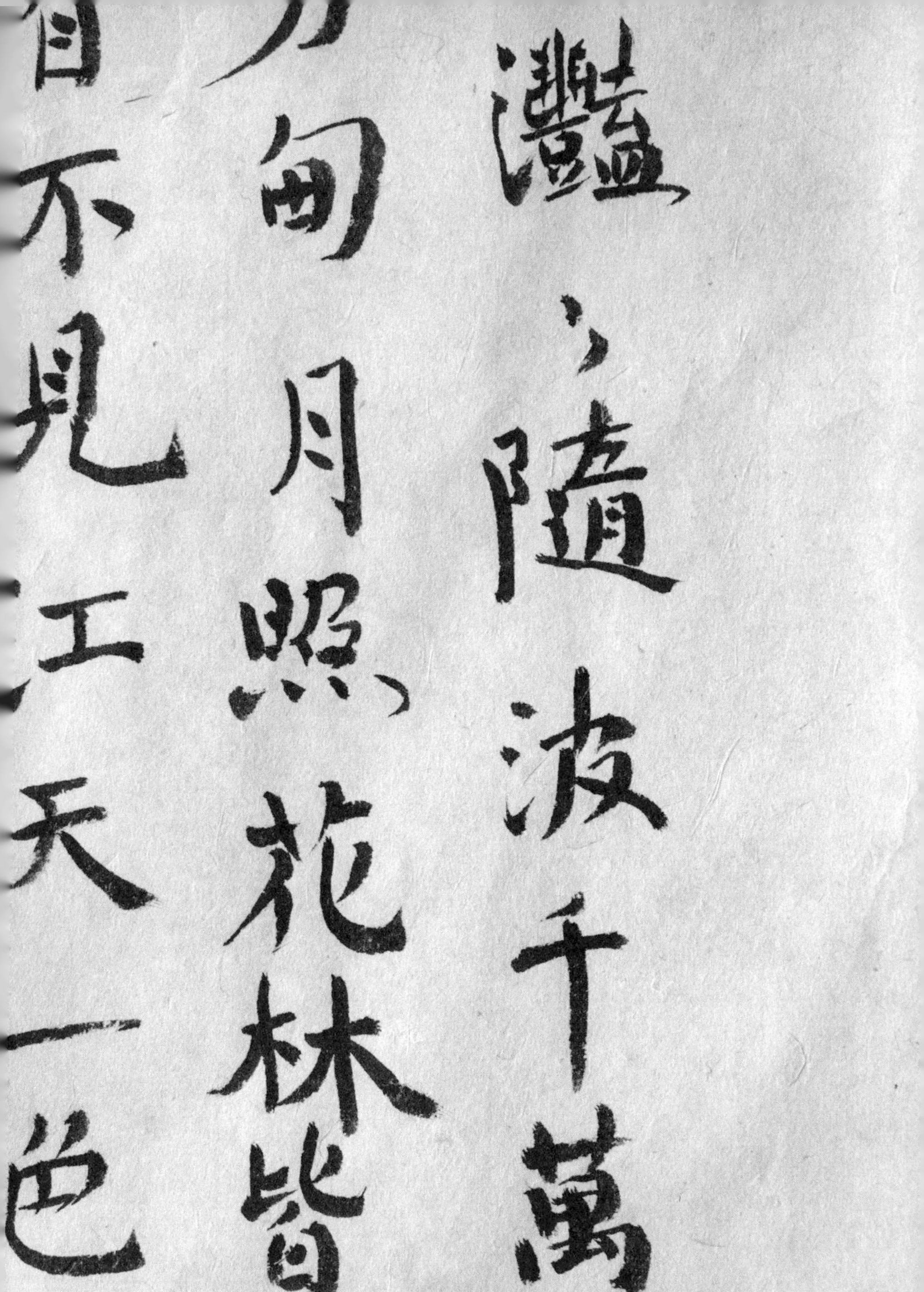

唐·張若虛〈春江花月夜〉局部

人初見月江月何
々祗相似不知江
一片去悠々青楓

辛丑正月五日
天氣澄和風
物閑美與二
三鄰曲同遊
斜川臨長流
望曾城魴鯉躍
鱗於將夕水鷗

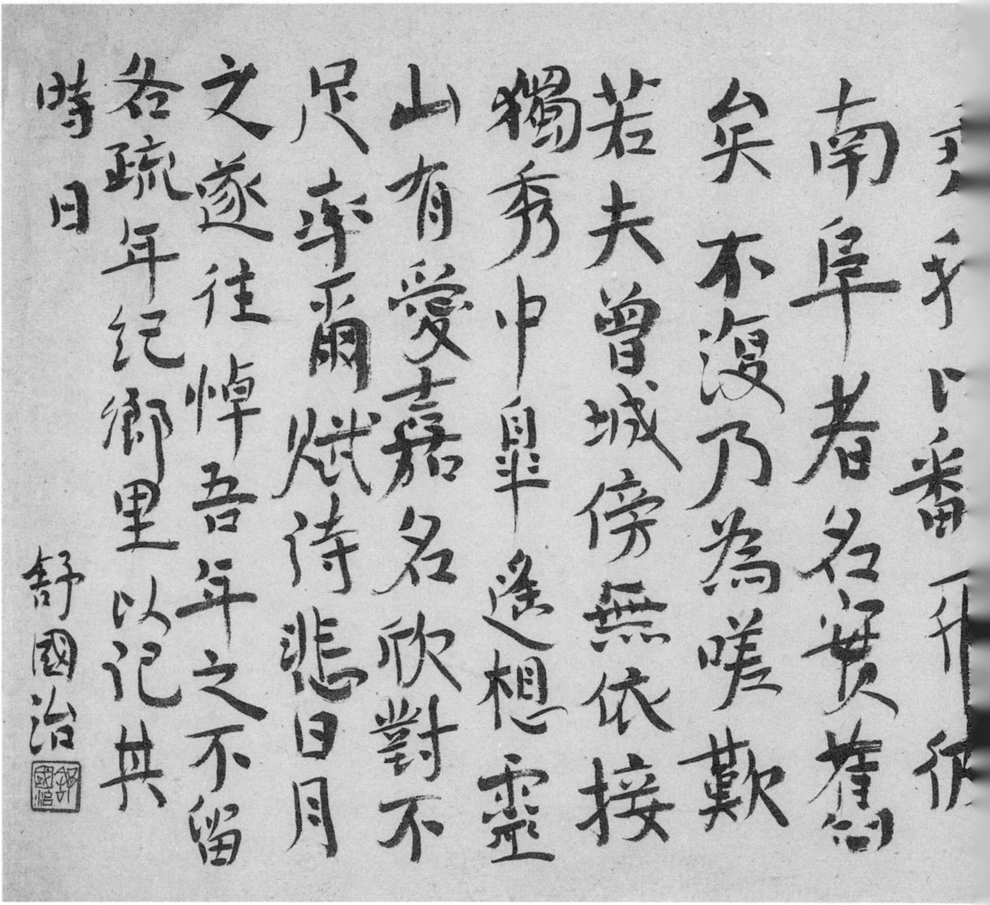

晉·陶淵明〈遊斜川〉

最喜寫陶句，教人一寫就直往下流瀉，「魴鯉躍鱗於將夕，水鷗乘和以翻飛。彼南阜者，名實舊矣，不復乃爲嗟歎。若夫曾城，傍無依接，獨秀中皐，遙想靈山，有愛嘉名，欣對不足，率爾賦詩，悲日月之遂往，悼吾年之不留。」此等句子，我始終寫不厭。

就像最愛打的拳式，永打不厭。

我也愛陶淵明的〈遊斜川〉（辛丑正月五日，天氣澄和，風物閑美……）它有一種清遠。又有一種不緊不慢的行文韻律。寫著它，覺得「**會逐漸要出好筆了**」**的感覺**。　　但也只寫過兩三張，忽的一下又好幾年就飄過了。

過了六十歲，奇怪，有一傾向，便是似乎更愛取「楷體」來寫字了。倘寫得快些、隨興些，仍是把楷體寫得稍近行書罷了。然本質仍是楷書。這是頗奇特的。

就像本質都是吃了一輩子的四菜一飯，寫得行一點或寫得草一點，就像燒菜把火候調得濃一點或淡一點，或烹製得快一些或慢一些如此稍稍不一樣罷了。

至於為何只是楷書。草書不好嗎？

草書多麼的叫我嚮往！但我終於懂得教會自己：就先做好眼前的活！只對著一種體來下手。不要十八般武藝樣樣精通。所以索性只當是寫字。那字便是楷體。就像打拳只打那方方硬硬的拳式，某天打快了，打成像醉拳了，那就像寫字寫成草體了。

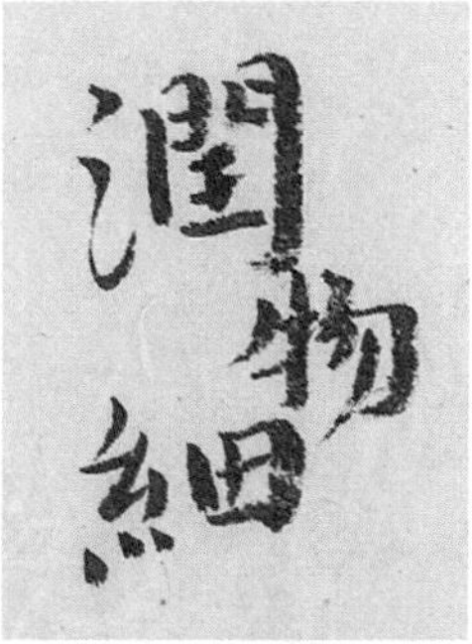

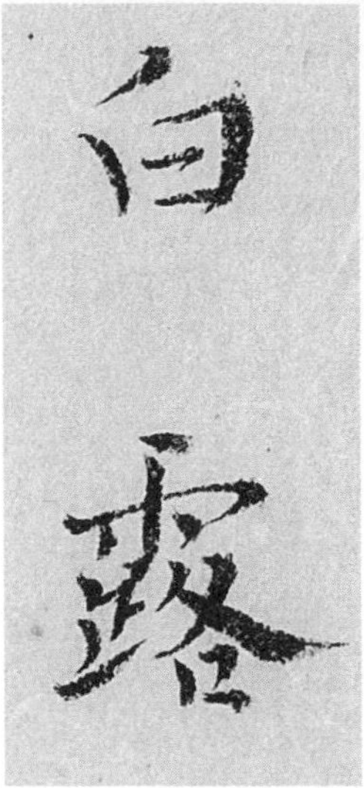

①

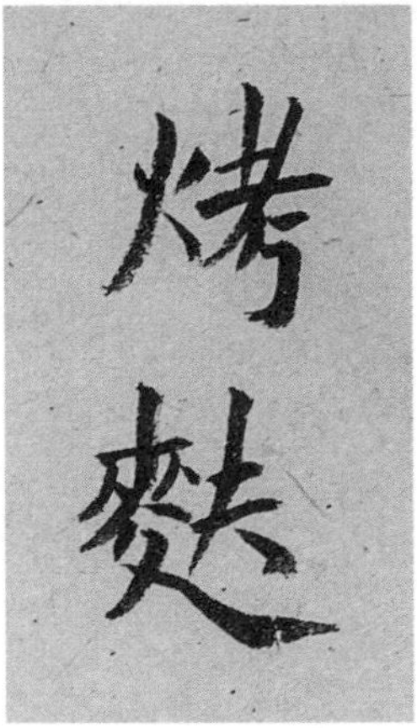

②

③

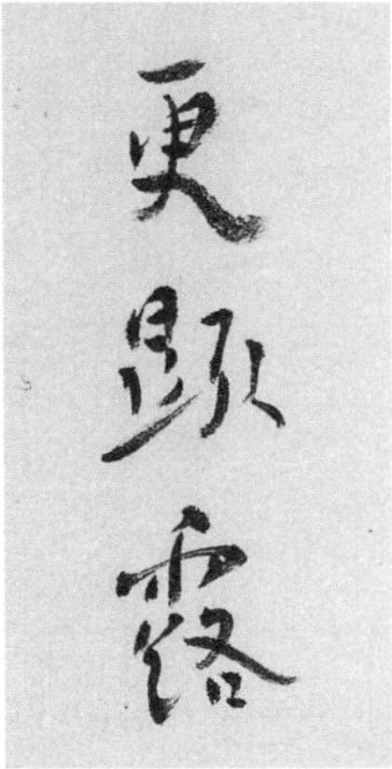

④

寫得楷一點是①的「露」。寫得行或草一點，則是④的「露」。

切蔥之刀

張伯駒

人生事理诚是如

那你終於找

拍一鏡頭

綠豆湯挑子

夏色欲早

Segovia

善烹之人

唐豪瑟

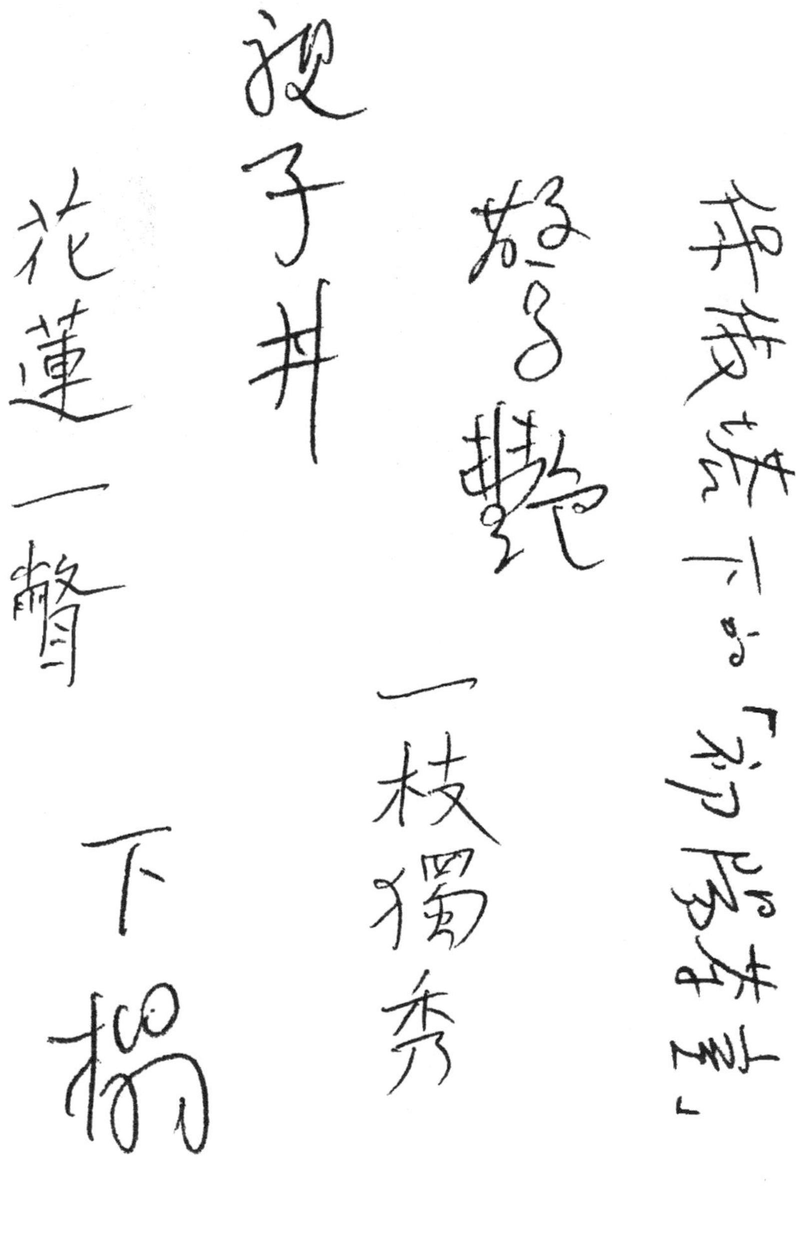

由於是寫稿，硬筆字動得快，反而楷書常變成了行書。

寒先

學生林春霞

容易餓

三少四壯集

探使

岩波文庫

想寫，是最珍貴的

寫出了興趣，是最珍貴的感受。

然這興趣，是從哪裏來呢？看來不少是先天的。也有不少是時代的召喚。

那要像少年時練武的孩子剛習了棍法，太著迷了，隨時走在外頭都要帶著那根齊眉棍，不論哪兒停下來，就要舞上一陣。到了廟前空場，要舞他一舞。在公車站牌等車，也舞上一舞！

當然也像迷上吉他的人，凡出門皆拎著吉他，隨時停下就彈。坐在樹下歇腳也彈，上了火車也彈。根本捨不得放下。

我對於毛筆字，也曾有「去京都，是不是把紙筆硯墨帶上？」的念頭。

也帶了。很想總有好時機，可以寫一寫。結果，那次沒有。但京都和毛筆字，竟然是如此的契合；凡一想到去京都，馬上就想到「帶不帶紙筆」。可見地點是能勾起人的某些興致的。

這種期待隨時要寫字的時機，是真的人生難逢事啊。

正因為時機難得，故要一有心思取筆就寫。絕不可「準備」。也絕不宜在備紙上、在備筆墨上、在備心思上，有所擱延。

遊茶區，或許也是。像到了婺源，說去看茶山，便思「搞不好

等下會想動動筆」。到嘉義梅山，也很怕「紙筆沒帶，等下搞不好後悔」。

其實，日本東北地方在落雪時，也是枯坐房間、搓起雙手使暖、何不提筆寫字的絕好時刻。

雪鄉的溫泉聚落，搞不好浴畢的停歇時分，來寫上幾頁字，是極好的休息！

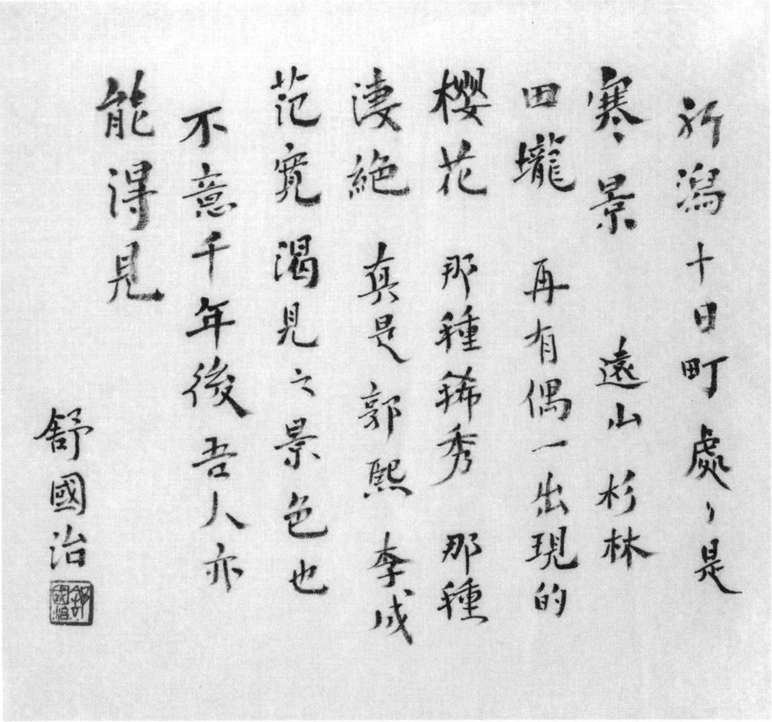
新潟十日町處處是
寒景 遠山 杉林
田壠 再有偶一出現的
櫻花 那種稀秀 那種
淒絕 真是郭熙 李成
范寬渴見之景色也
不意千年後 吾人亦
能得見
舒國治

〈新潟的寒景〉

其實在南法遊酒區，品飲了幾款「教皇新堡」（Châteauneuf-du-Pape）後，此一刻也，也思鋪紙磨墨寫字。嚼著義大利火腿、芝麻葉，啜著紅酒，籠罩於金黃光暈的乾曠西方，奇怪，比在東方的情境下，有時更思製這種黑白（墨黑紙白）的作業啊！

或許，各種不同文化的美境，中或西，華或洋，都是你人生的歌詠，都是毛筆字想酣暢吐露的時刻啊。

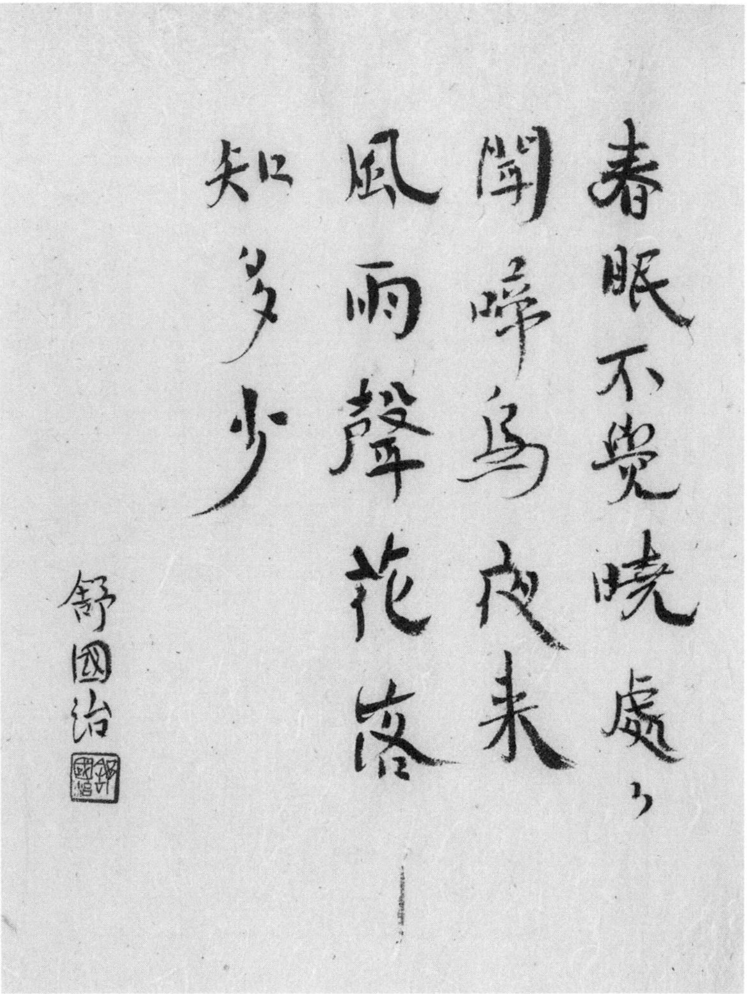
春眠不覺曉處々
聞啼鳥夜來
風雨聲花落
知多少
舒國治

唐 · 孟浩然〈春曉〉

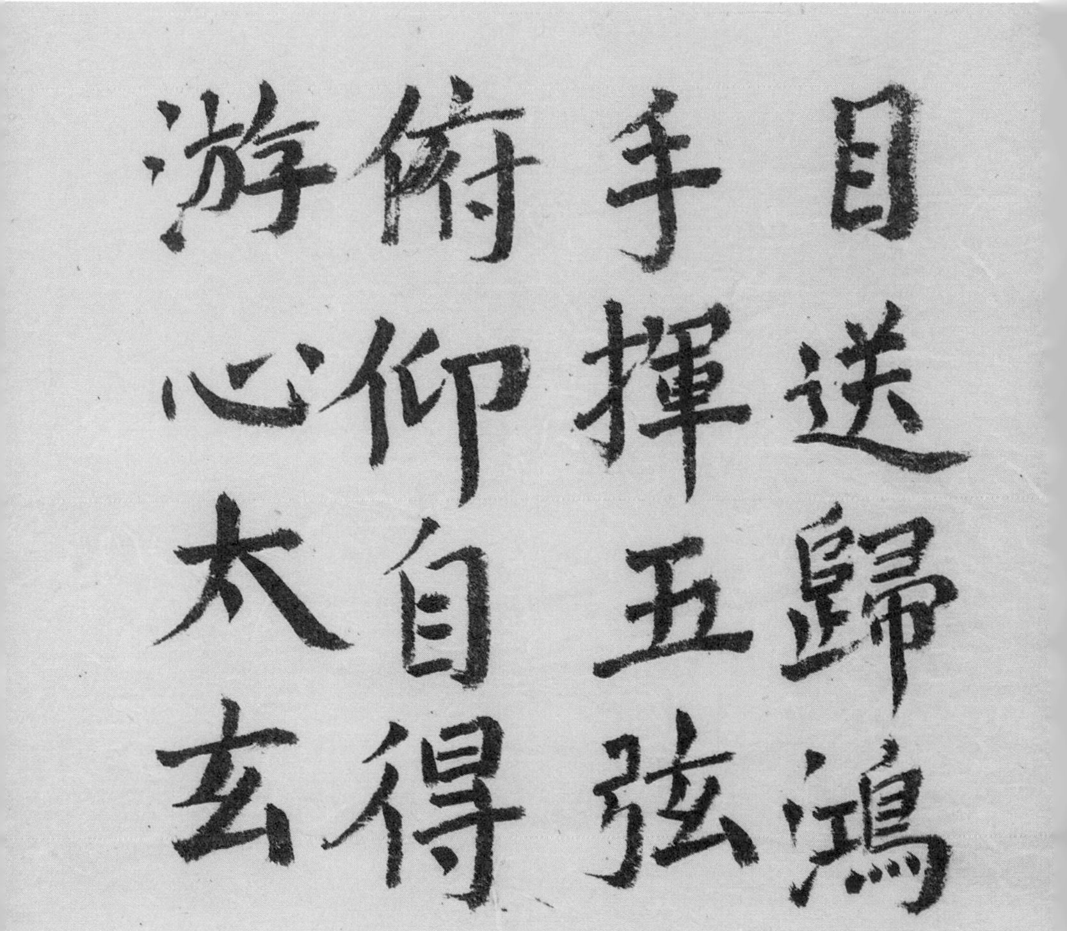
目送歸鴻
手揮五弦
俯仰自得
游心太玄

魏・嵇康〈贈秀才入軍〉

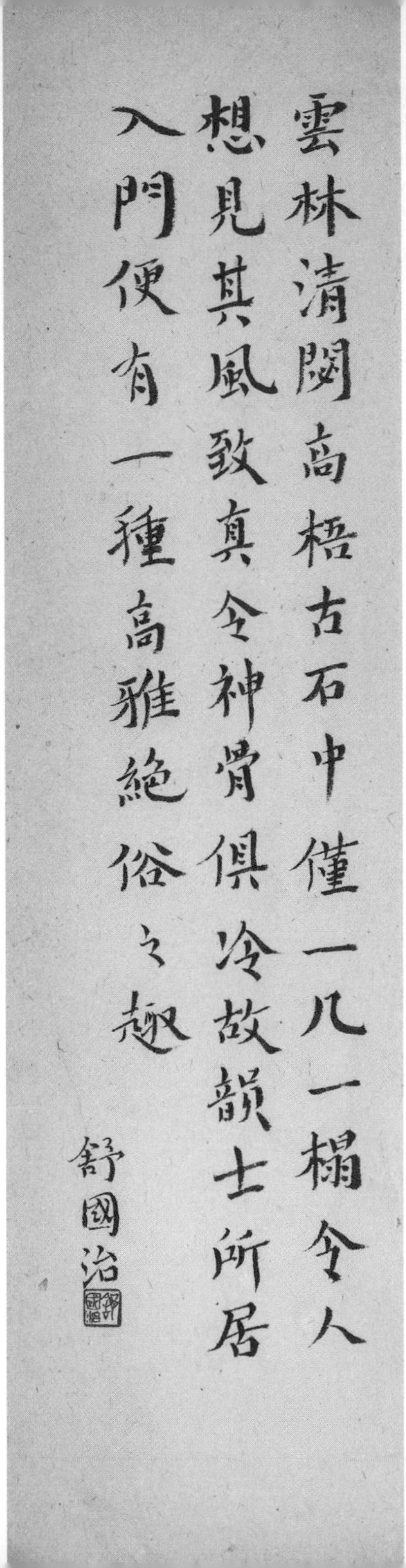
雲林清閟高梧古石中僅一几一榻令人
想見其風致真令神骨俱冷故韻士所居
入門便有一種高雅絕俗之趣
舒國治

明．文震亨《長物志》

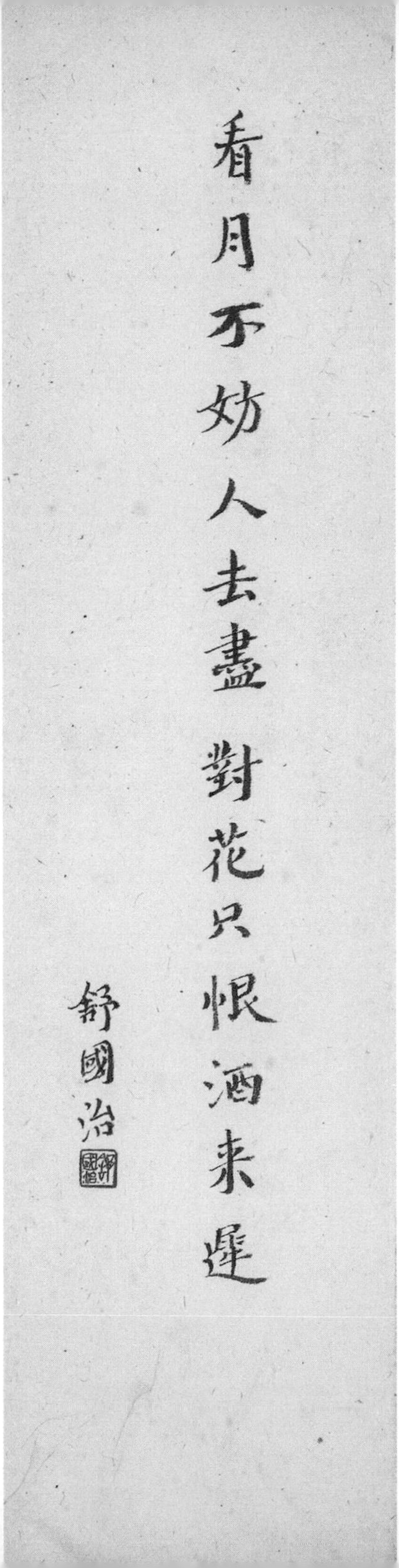
看月不妨人去盡
對花只恨酒来遲
舒國治

古人對聯

園日涉以成趣
門雖設而常關

舒國治

晉・陶淵明〈歸去來兮辭〉

便當的好吃是滷蛋壓在
飯上把滷蛋掀開那壓
過滷蛋印子的那一撮
飯最好吃

舒國治

〈滷蛋印子下的飯〉

白切肉或白斬雞有一等高手
到老年凡出招皆弄得簡略
至淡淡幾筆的那種美感
更可能它的不施一抹脂粉
更顯露出它的傾國傾城

舒國治

舒國治

〈白水燙的美學〉

寫字雜記

菜不天天做，就像毛筆字不天天寫，乃為了等「新意」

做菜跟寫毛筆字一樣，這個字你歷年來寫過多次，但每次寫在手中、寫在紙上，總有它的些微變化。

要享受這個一許許的微妙變化。

辣椒炒豇豆丁，炒過很多次了，但今天似乎更炒來得心應手，這就是做菜之樂了。

所以，能弄到「不天天做菜」，是最幸福的。想到此，家庭主婦真是太偉大啊。

因為「不天天寫字」這回事，是很有佳處的。乃每隔一陣子，想要鋪紙磨墨寫字了，這時候寫出的字有一份新的心情。便是這「新的心情」教人最能得趣。

而前說的做菜，也要覓得新的心情。

但更好的，是不用隔太久這新的心情便可浮現。比方說，每兩三天就又想寫了，每兩三天就又想燒菜了。這種身上的 high 度是最珍貴的。

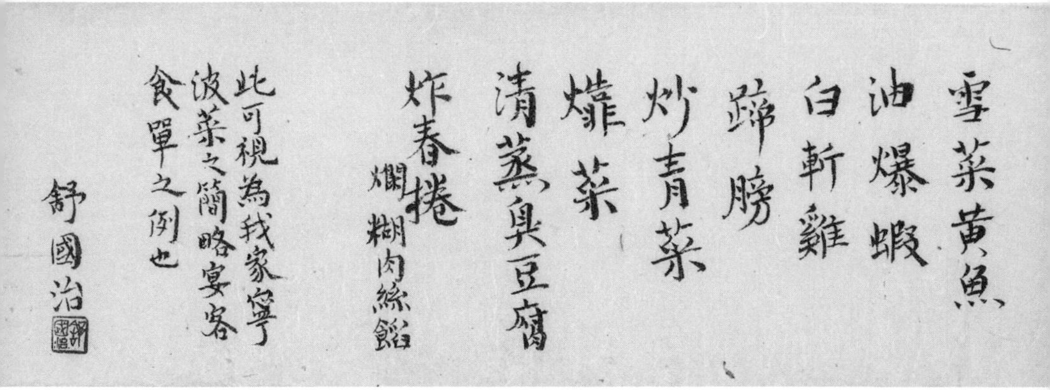
雪菜黃魚
油爆蝦
白斬雞
蹄膀
炒青菜
清蒸臭豆腐
炸春捲
爛糊肉絲餡
此可視為我家寧波菜之簡略宴客食單之例也
舒國治

〈家中吃的菜〉

簡單之事，做熟了，做成精益求精，亦是絕藝

米粉湯攤也切大腸、肝連、豬肺，煮油豆腐的，你別看他簡單，做得好的，其實不那麼多！

往往簡單食物，如不是自我要求很高的店家，做出來的滋味可以平庸到幾乎粗鄙的地步。

所以，找到很簡單卻製得很精美的店，是很幸運的。米粉攤、滷肉飯攤、麻醬麵小店、餛飩鋪子等都是。簡單的寫字，哪怕是牆上的菜單，寫得熟透了，又自然、又不當一回事的，最教人喜歡，也嘆賞。

每天最想做的事

有的事情，你每天都想去做，這在人生中是最美妙的時段。

像剛學會騎自行車，每天起床不久，就想推車出門去騎。像剛迷上滑板，每天拎著這塊板，哪兒都能滑。

更別說某段時光迷上了武俠小說，一本接一本看，晚上在被窩裏還要偷偷的讀。那些迷上籃球的少年，每天都練，每天都想著投球入籃框，竟連睡夢中也在上籃呢！

寧願是「每日之常」而不是「搞得像儀式」

另就是，提筆就寫，絕不令自己太在紙筆前準備到如何如何的穩妥了，然後才開始很審慎的下筆。切切不可。

這就像我看過太多的演唱現場，因調音、試音響試了太久，才開始唱。結果一唱，唱得太荒腔走板也。

譬之於打拳也是。一站上去就演拳，常就最自然好看。太當一回事，往往丟失了平常心，反而更糟。

人生事常如此理。你愈鬆，得到的情態，愈好。

不就是寫上幾個字嘛？幹嘛弄得緊張兮兮的？

不必一直換工具

用一枝寫大字的筆，忽然要寫小字了，就乾脆下筆輕一點，移動毫尖縮少一點，依然便把小字寫成了。通常不會費事換成小筆。

這就像是用中式的厚背方方正正菜刀一樣。這種菜刀，剁雞與切肉絲、切豆干絲，用的都是這把刀。**我喜歡這樣的過日子方式**。一把刀，什麼事都靠它。西洋人廚房裏，大大小小、尖尖寬寬的一大堆。表面上，這是「工欲善其事，必先利其器」概念，但最終弄成是「繁複」。故西方人後來發明「極簡」，太有道理了。

我們來自貧窮的環境，不意這「極簡」之妙早就伴隨在身邊了。

後來，更察覺，其實小小一張紙更適合掛在人家牆上的模樣。

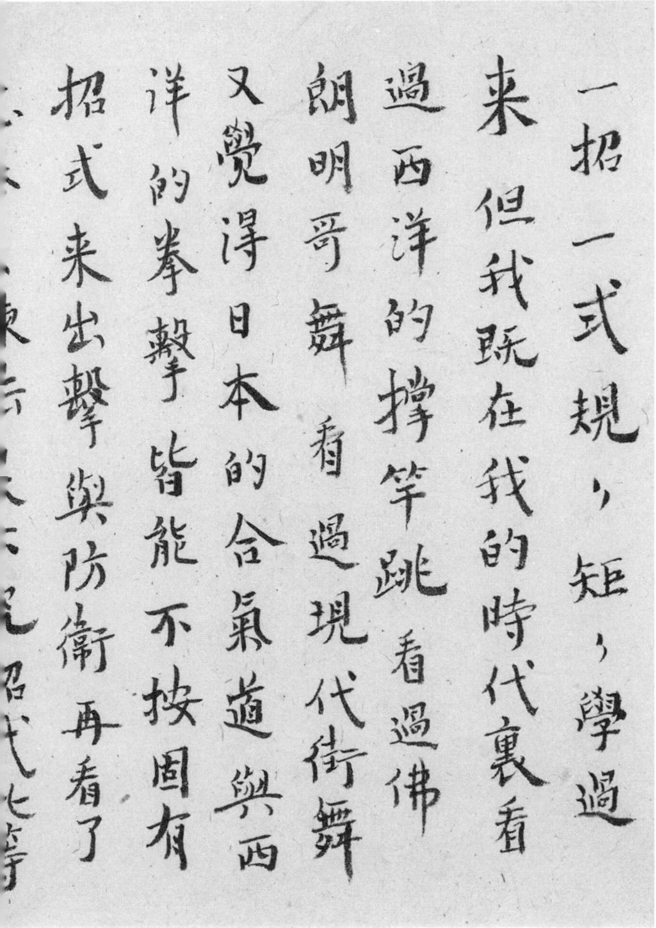
一招一式規，矩，學過
来但我既在我的時代裏看
過西洋的撐竿跳看過佛
朗明哥舞看過現代街舞
又覺得日本的合氣道與西
洋的拳擊皆能不按固有
招式来出擊與防衛再看了

〈看過別的運動後，打出的拳〉

不可怕紙

然要一伏案就能寫，最好是，人離紙筆很不隔閡！

這除了是，紙筆一直就在那廂那一套，更好是，紙的親和性十分的與你沒有距離。

也就是，紙的大小是你最沒有戒心、最不怕它、最不把它當一回事的那種狀態。

所以，如你不寫「江山萬里圖」那種大作品，根本別把紙鋪成整個長長桌面的那種大張。

這張紙，**要像舒伯特在餐館裏取菜單紙**背面就可立然寫下曲子那樣的「即刻」。

另外，一開始別用太尊貴的良紙。

總之，要有一股「不怕」心。

於是，我就開始裁紙了。裁成一張張我隨時想寫就能下筆的尺寸。

紙裁好了，就只按照這紙的大小來動手。你要寫多字或寫少字，都就這麼點空間。若字數少，可以寫得大些；倘字數多，便把字寫小，且擠縮得緊密一些。

但得到這種策略，竟然也用了好多年的光陰！可見人生的不少智慧，來自返身一看的那種決定。

這種你面對小小一張紙的「膽子」，其實像你盛飯時只盛小小一碗，乃為了怕「吃不了大碗」的那種憂懼。結果一下吃完了，那就再盛一小碗！

這就像蓋房子。總共就這麼點地，你蓋得小，只是把桌椅放少些，且桌椅也買小號的。

最怕突然教你搬進兩百坪客廳的房子，你要把它填放至舒服雅適，你根本一下子慌了！

太大，而你不會用，最是災難！
就像太富裕，你不會用，其實更辛苦。

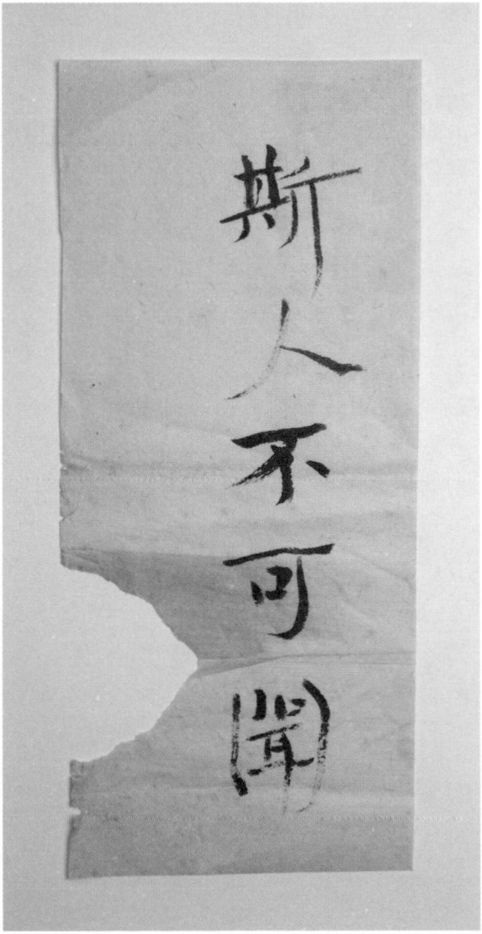

破紙也可用來試墨的濃淡

在局限中做文章

再有一事。為了只專心於寫，凡有閒、有心、有興致，最好全用在寫字上。是不是別耗心神在紙材上、在選印上、在其他雜項上？

這是我已然極懶極懶、極晚極晚才拾筆、極蹉跎自己年歲之後、才想出來的我的業作方式！遂成了我只用「一印、二筆、三四種紙」的那種「極簡」念頭。**你想做的，是寫字。一有心境，何不就寫寫寫！**哪裏有工夫弄印章、弄這紙那紙的？這就像想吃蛋炒飯，就趕快取出冰箱冷飯，下油投蛋而炒，擱鹽撒蔥花頂多了。這樣馬上就吃上了。如想等蝦仁解凍，吃上一盤豐盛的蝦仁青豆蛋炒飯，最後往往不妙！這又像想打拳了，馬上起身就打。如要換上正經八百的太極拳服，套上很適於打拳的鞋，再找到一處空曠佳地，才開始打，這如何打得到拳？ 當然，想彈琴時，破琴在面前，馬上就彈。如要叫弟子開車把宋琴、唐琴迢迢取來，那還彈屁啊！

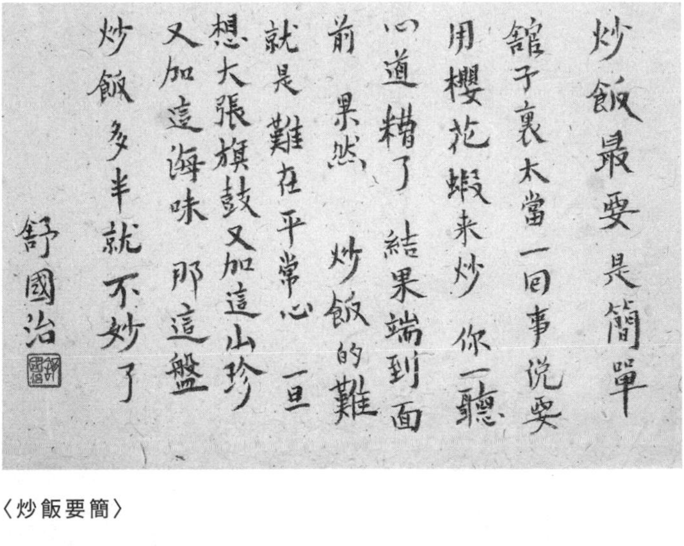
炒飯最要是簡單
館子裏太當一回事說要
用櫻花蝦來炒 你一聽
心道糟了 結果端到面
前 果然 炒飯的難
就是難在平常心 一旦
想大張旗鼓又加這山珍
又加這海味 那這盤
炒飯多半就不妙了
舒國治

〈炒飯要簡〉

把這張紙寫好就好

一般言，我今晚如要寫，常會寫他個三、四小時。而一寫，常就連著寫；往往某一張沒寫得太好，接下來三、四張就都有一點心浮氣躁的呈現。這是很可惜的。但有時你並不知道停下來。

很偶而，我會發展出「今天只寫一張」的觀念。把某一個要寫的主題定好，等下磨好墨就寫它！好比說，「大和三山如同是奈良版的鵲華秋色」這一篇。於是這一百字左右的一幅，就不疾不徐的寫，寫完就成了。當然，如你寫得不錯，是很想再往下寫的。這時，你再找另一件主題，像「太極拳的少動手」，

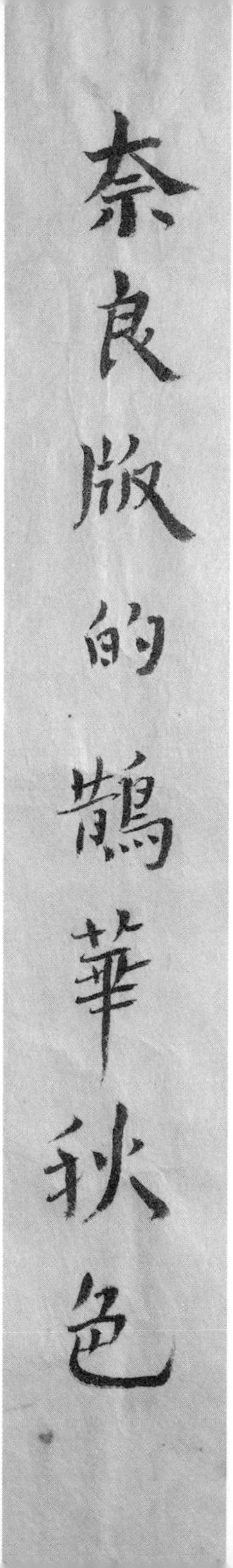

就又寫了。由於短，一下又寫完了。這時又想寫關於紅燒肉的，就又寫了。

結果這些「意猶未盡」，竟又寫出了六、七張，也寫了近二小時。既沒太疲，也很心胸舒坦。這就是最美了。

不一定要寫成誰的樣子

到有華人的各處鄉鎮隨處去望，不少招牌的字、牆上菜單的字、醫生開方子的字、門聯的字、甚至牆腳的「不可隨地小便」的字……常常有寫得好的。

一九五九年，詩人周棄子謂：「數十年中，余所見招牌字之佳者，實亦不少。其尤傑出者，為漢口六渡橋陳太乙中藥店。『陳

太乙』三字，比劃繁簡懸殊，且每字皆三尺以上見方，布白實非易易。而此三字不惟停勻妥帖，兼剛勁流美，氣韻超絕。平生經眼市招，此為第一。惜未署款，不知書者為誰，斯真『無名英雄』。」

這種字，我稱為「百姓的書法」。往往百姓在他自己的過日子當中不時需提筆寫字，寫著寫著，就寫成自自然然的好字。他若是刻意模成褚遂良、刻意模成王羲之、刻意模成趙孟頫、刻意模成王鐸，甚至刻意模成董其昌等，其實於他何曾好了？

這就像燒菜，你天天燒黃魚、燒鯉魚、燒紅燒肉、炒四季豆、炒豆乾絲、炒牛肉絲，早燒成你的渾然一氣的火候，未必是高手廚子的妙藝，但由於渾然融圓，常常出得美味極矣的好菜。

這是高手大廚也未必常能出成的。而這些菜，並不從食譜上讀來，並不跟名家的名菜照他的樣子一絲不苟學過來的。搞不好這樣的他所製出之菜，更透出某股「天才氣」！

於是百姓字，如同百姓菜，要是自己渾然天成又熟悉不加思索的「自信之作」。

你是何種人，就寫成何種字

有的人把字寫得抖抖的，不一筆直接向底處走，要半停半行的，那麼抖一下抖一下的，將它寫完。

是他的美學嗎？可能。

但更可能是他的性格。他的性格沒不好，只是他比較傾向要——要躊躇一下。

那種字，沒有好不好的問題。只是你如果不是喜歡躊躇的那一種人，有可能你看那種「抖一抖」的字，會有你心中對那種字自然產生的「顧慮」。

這就像，我們做學生時，有的同學講話喜歡帶一點「口吃」的吐字法。我們有點知道他為何如此。有一次我們也學他那麼說話，他在旁邊聽了，一邊嘴角微笑，一邊眼睛稍有睜大，似乎有些警覺。往後幾天，我們發現，他也偶而說話不口吃了。

這種把字寫得抖抖的，喻之於唱歌，我想到加拿大民歌手Gordon Lightfoot，他的唱歌方式，也是一種「抖抖的」，即不把它唱得直接，有一點向前唱三分又向後抽回一兩分的味道。

是他的美學嗎？

應該比較是他的性格吧。

別太創作，回返本原

最起碼最簡略最本質的菜與飯，搭配成最好吃最每天不膩的一餐。

其中的細膩門道、靈巧變化、烹煮技藝……這是創作。

將好的食材，簡單的弄熟，常就是佳餚。哪怕還沒放上巧思、還沒精心烹煮、還沒創作，就已經是一頓好飯。就像寫字把直的、橫的、圓的、斜的筆劃，擱置妥貼，就是好字。

人生實不必隨時都在創作、都在以巧思改善周遭。更好的是，找回原本就有的不錯之狀態。然後在那還算不錯的情態下，好好活上一陣。

寫字難道不可如此？　只是下筆寫出你要道出之物，不加創作，不行嗎？

我是說：寫字可不可以別寫成坊間的「創意料理」？

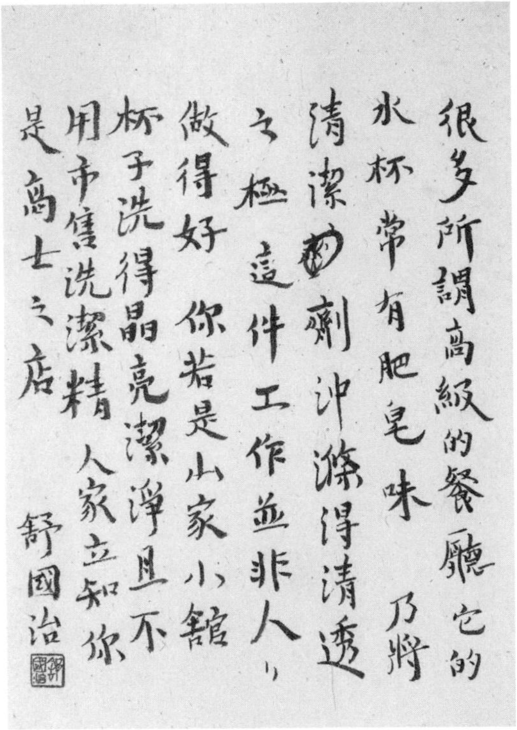
很多所謂高級的餐廳 它的
水杯常有肥皂味 乃將
清潔劑沖滌得清透
之極 這件工作並非人人
做得好 你若是小家小館
杯子洗得晶亮潔淨且不
用市售洗潔精 人家立知你
是高士之店
舒國治

〈是人洗杯子，不是清潔劑〉

書法與拳法

寫字時，在某些轉折處，須得稍頓一下，令之微慢，令之稍多使力，隨即轉過去後，筆劃才「刷」的一下滑流而去。比方說，寫「國」這字，它的第二劃，橫筆由左至右，要直豎而下時，須稍頓，接著須稍使力，如同「遇到阻力」，然後才直直的滑寫而下。

這是寫毛筆字運筆的自然力學，也常是字的成形、字的好看與否之美學講求。

打拳也有同樣的力學情態。一招出去，由內（胸腹）至外（如面前、肩外七八十公分處），往往到某一點上，會稍微緩緩如頓

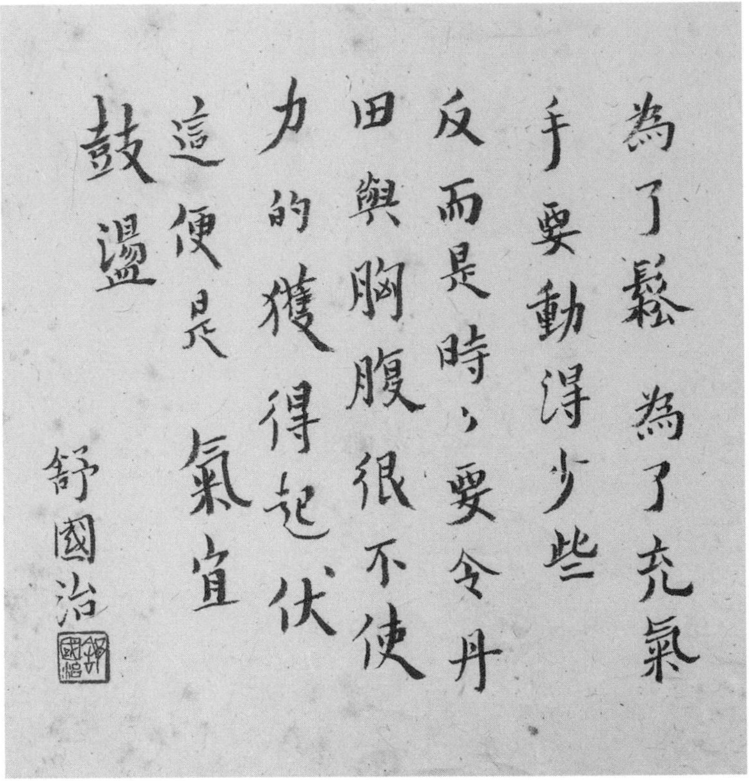
為了鬆 為了充氣
手要動得少些
反而是時、要令丹
田與胸腹很不使
力的獲得起伏
這便是 氣宜
鼓盪
舒國治

〈少動手，多在腰腹著墨〉

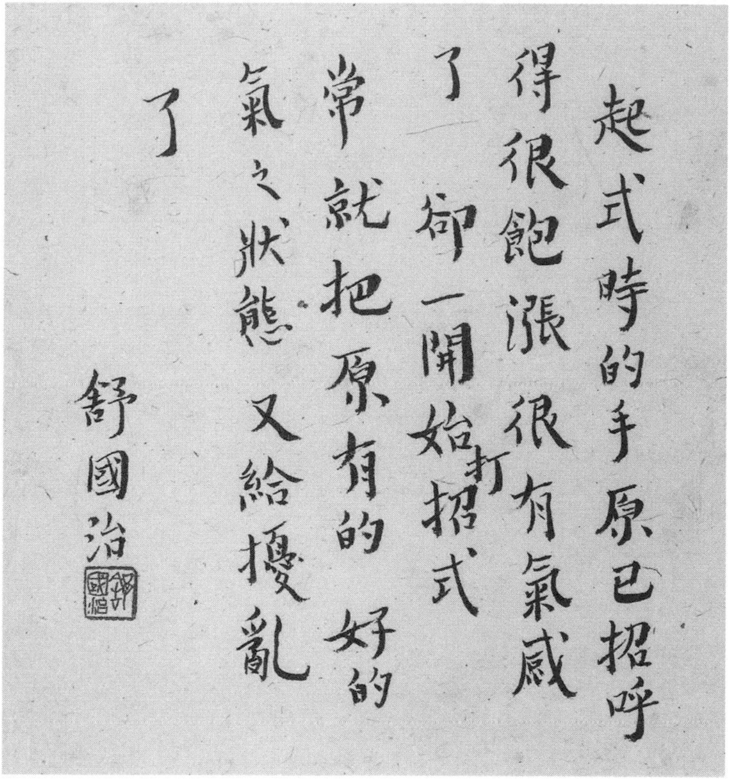
起式時的手原已招呼得很飽漲很有氣感了卻一開始打招式常就把原有的好的氣之狀態又給擾亂了

舒國治

〈做動作，也可能害了氣〉

抑，如同有阻力，接著將這阻力輕輕推散，然後這手才柔柔的落滑下來。此種打法，便是太極拳這種內家拳操習之精要。否則太極拳幹嘛要打得這麼慢！

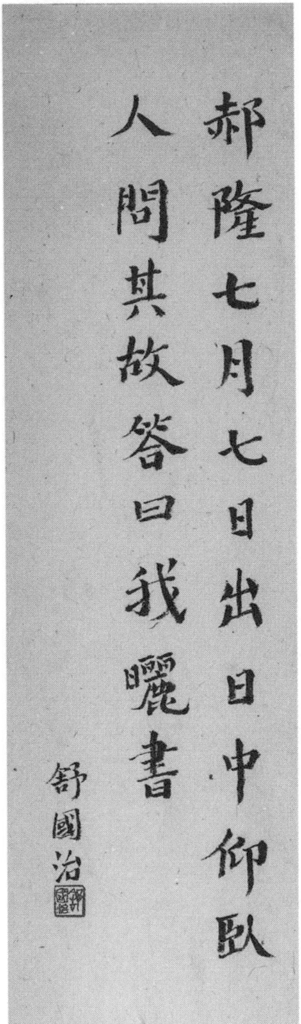
郝隆七月七日出日中仰臥
人問其故答曰我曬書
舒國治
清·《世說新語》

長版與短版

打一趟八十五式或一百零八式的太極拳，如同是看長篇小說。打一個掤握擠按合起來的「攬雀尾」，則像是一篇短篇小說。若只打單式，像「白鶴亮翅」，打完後停著不動八秒十秒，則如同是一篇小小散文。

至若只打起式，手提起再壓下，然後站定不動，如同是兩句唐詩，「舉頭望明月，低頭思故鄉」、「會當凌絕頂，一覽眾山小」。

倘以兩句詩來顯示拳的一開一合，亦是援引詩之韻律來注放在拳之韻律上的好方法。尤其比較大的動作，最宜用上七言之句：「忽如一夜春風來，千樹萬樹梨花開」、「人生在世不稱意，明朝散髮弄扁舟」、「忽聞海上有仙山，山在虛無縹緲間」、「千呼萬喚始出來，猶抱琵琶半遮面」。

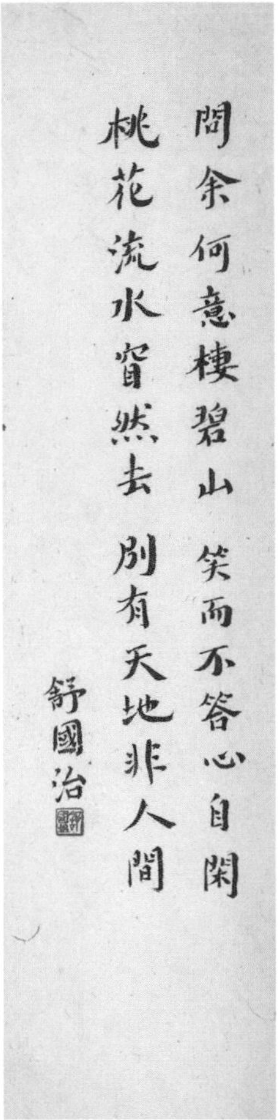
問余何意棲碧山 笑而不答心自閑
桃花流水窅然去 別有天地非人間
舒國治

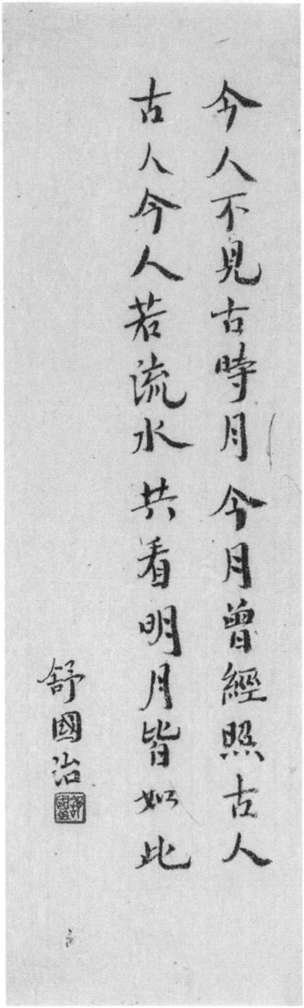
今人不見古時月 今月曾經照古人
古人今人若流水 共看明月皆如此
舒國治

唐・李白〈山中問答〉（右）

唐・李白〈把酒問月・故人賈淳令予問之〉（左）

拳、詩、字皆是韻律藝術

實則唐詩的句式，很配練拳者在默誦時的某種靜心。也就是說，你心裏想著那兩句詩，身手自然打出早已熟習的招式，卻打著打著愈來愈達臻忘我的冥想之境，這也是好的引導效果。

但使龍城飛將在，不教胡馬度陰山
兩岸猿聲啼不住，輕舟已過萬重山
勸君更盡一杯酒，西出陽關無故人

其實京劇早就是這麼的在舞演「詩句般的戲詞」。譬似崑曲《林沖夜奔》，武功動作極多，像主角一邊唸著「欲送登高千里目，愁雲低鎖衡陽路。魚書不至雁無憑，幾番欲作悲秋賦。回首西山日又斜，天涯孤客真難度。丈夫有淚不輕彈，只因未到傷心處。」一邊要有起有落、有開有合的做動作，莫不就是隨著詩句韻律打拳嗎？

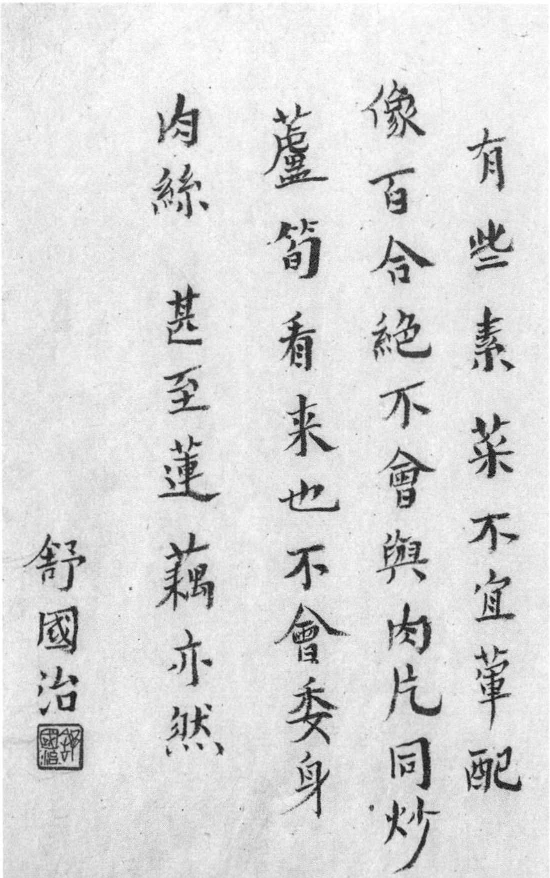
有些素菜不宜葷配
像百合絕不會與肉片同炒
蘆筍看来也不會委身
肉絲 甚至蓮藕亦然
舒國治

〈不宜葷配的素菜〉

看拳如看碑帖

看打拳如同看碑帖。

看馬岳梁打拳，像是魏碑。

看王延年，像趙松雪的潤媚。

看孫祿堂的照片，他的拳勢，亦有篆體的風味，也可比於吳昌碩之字意。

看楊澄甫的拳照，再以董虎嶺的影片相參，則楊澄甫的打法，略有顏真卿的筆意。

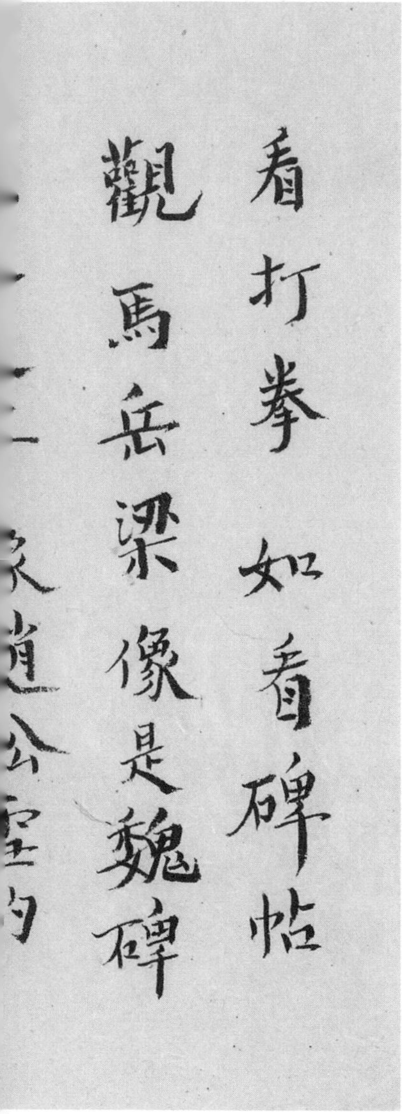
看打拳如看碑帖
觀馬岳梁像是魏碑

看吳圖南老年的打拳視頻，那種小地方的轉折，有些近似雕琢之情，則教人不自禁想起金農的小楷。

看鄭曼青老年有的打得很簡略、很隨意的拳，有點像弘一法師老年的字。弘一老年的字，筆畫短短的，像不把它拉到該抵達的遠處，如同「猶未寫盡」，這是很高之意境。打拳亦可如此，出手出得近些就結束。所謂小架，也宜如此來打。

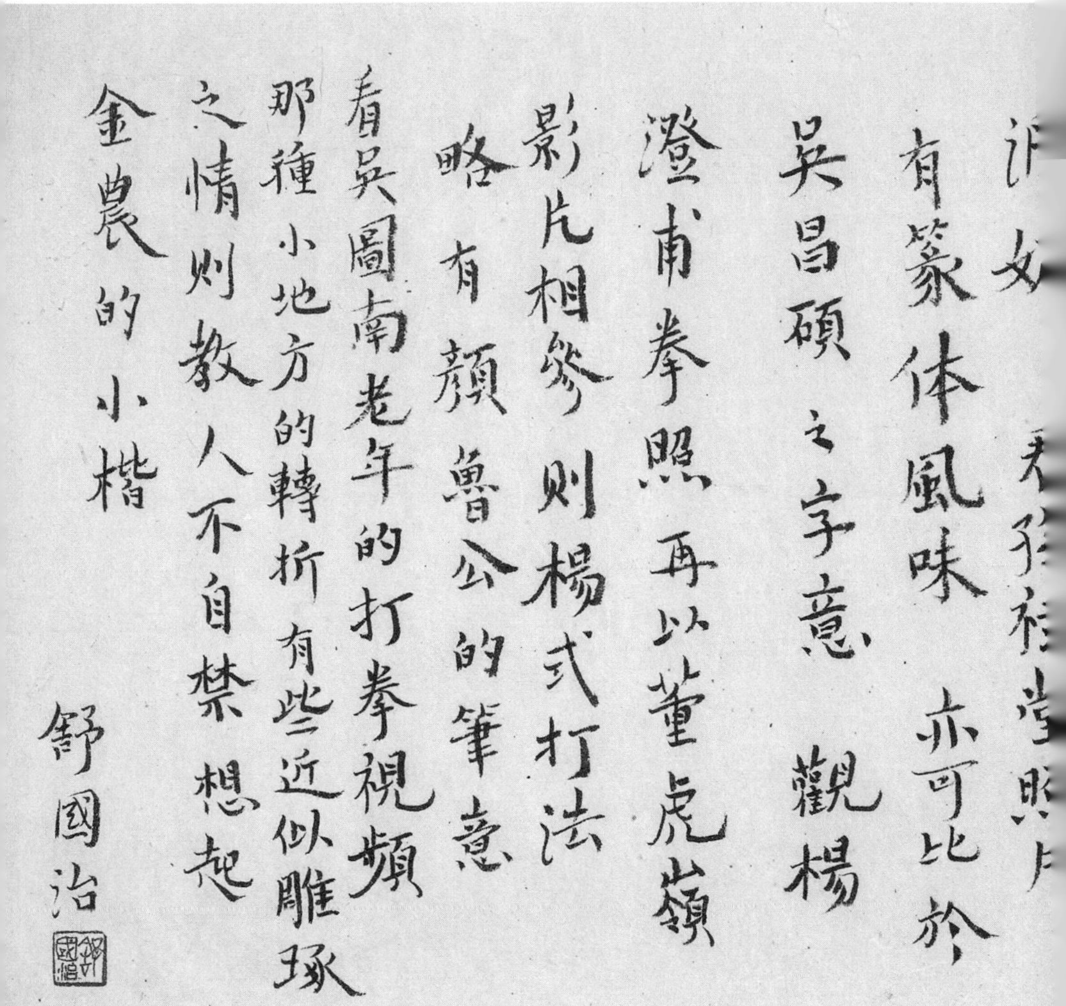
有篆体風味 亦可比於
吳昌碩之字意 觀楊
澄甫拳照 再以董虎嶺
影片相參 則楊式打法
略有顏魯公的筆意
看吳圖南老年的打拳視頻
那種小地方的轉折 有些近似雕琢
之情 則教人不自禁 想起
金農的小楷
舒國治

〈看拳如看碑帖〉

觀鄭曼青老年打得很簡略隨意的拳有点像弘一法師老年的字 那種筆畫短短的像不把它拉到該抵達的遠處 如同猶未寫盡

這是很高之意境
打拳亦可如此　出手出得
近些就結束
所謂小架　也宜如此来打

舒國治

舒國治

唐詩

是文字的一輩子樂趣。

像聽音樂或看老片，是每隔一陣子與舊識重逢的那種審美&享受。

唐詩，又是寫毛筆字極好的詞句與長短。也是好韻律，更可能成為好行氣。唐詩，**短短兩句常是人生世態極好的提綱點題。**

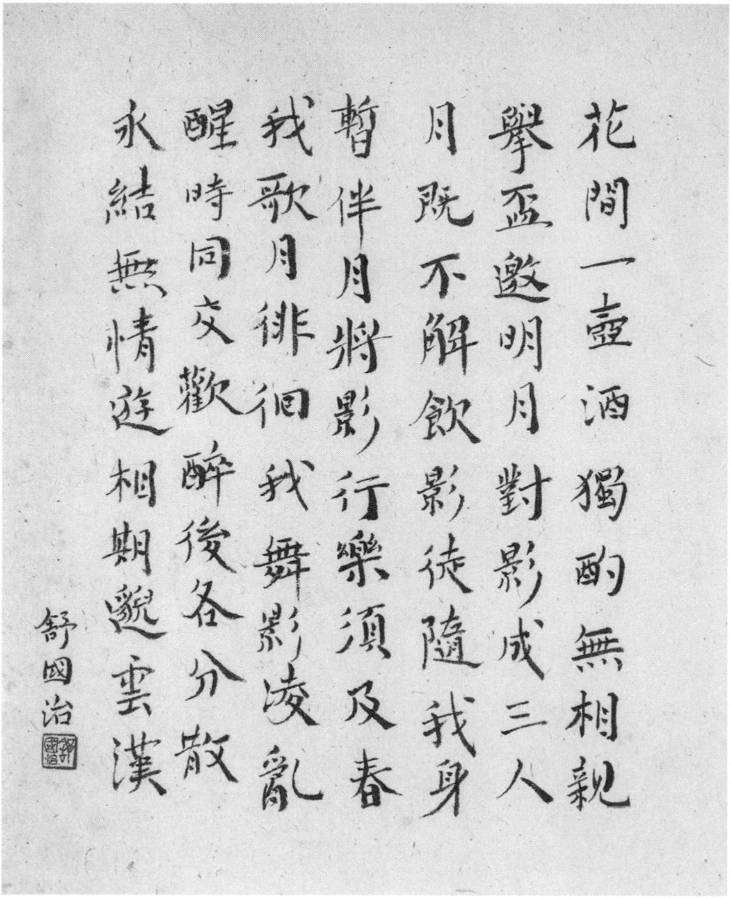
花間一壺酒獨酌無相親
舉盃邀明月對影成三人
月既不解飲影徒隨我身
暫伴月將影行樂須及春
我歌月徘徊我舞影凌亂
醒時同交歡醉後各分散
永結無情遊相期邈雲漢
舒國治

唐 · 李白〈月下獨酌四首 · 其一〉

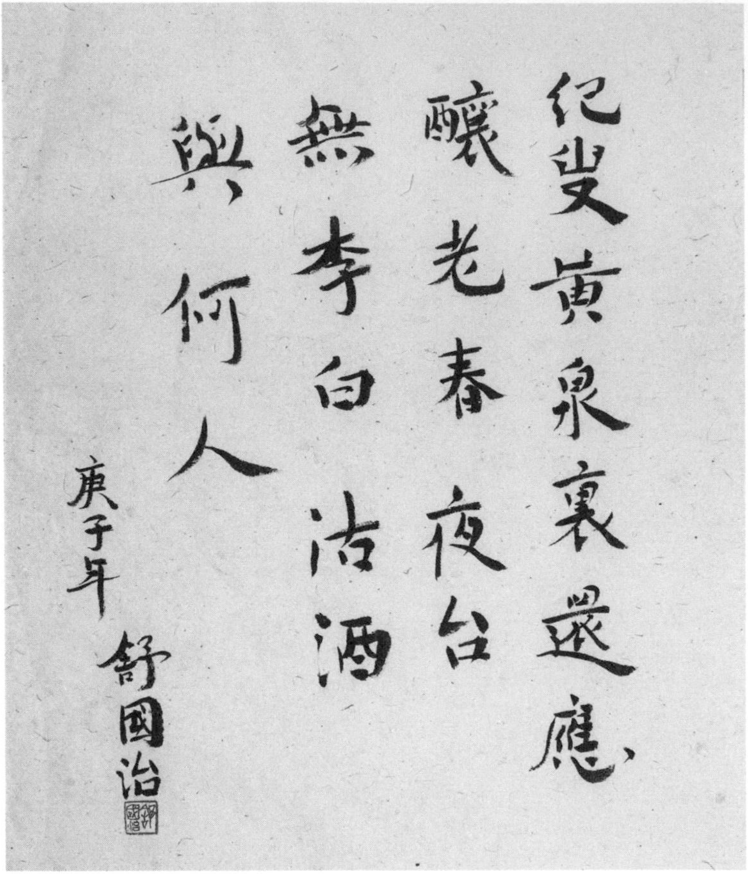
紀叟黃泉裏還應
釀老春夜台
無李白沽酒
與何人
庚子年
舒國治

唐・李白〈哭宣城善釀紀叟〉

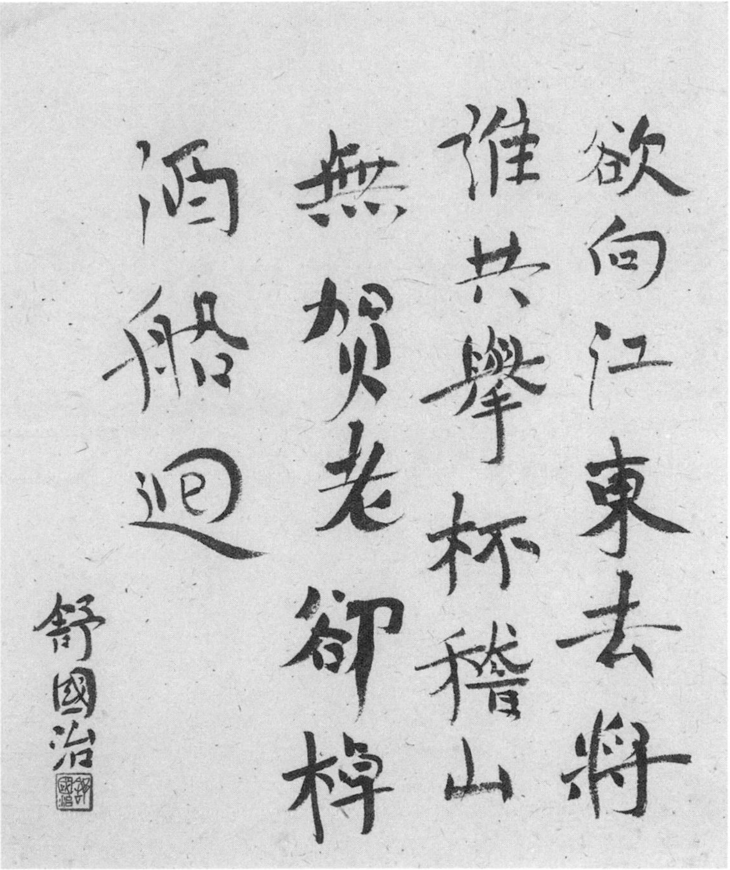
欲向江東去將
誰共舉杯稽山
無賀老卻棹
酒船迴
舒國治

唐·李白〈重憶一首〉

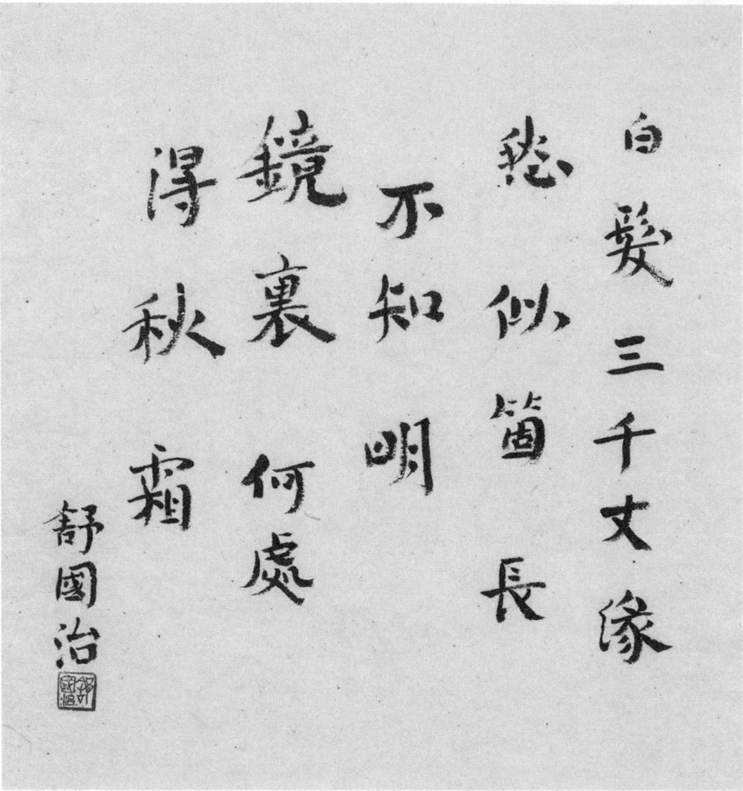
白髮三千丈緣
愁似箇長
不知明
鏡裏何處
得秋霜
舒國治

唐・李白〈秋浦歌・其十五〉

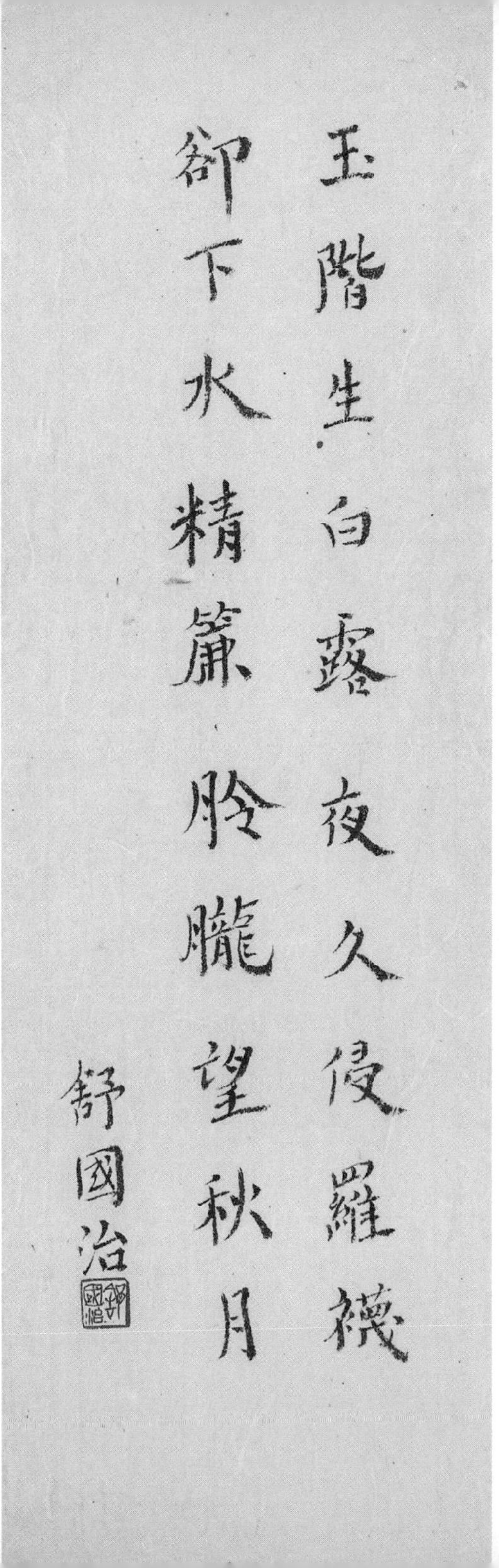
玉階生白露
夜久侵羅襪
卻下水精簾
朎朧望秋月
舒國治
舒國治

唐・李白〈玉階怨〉

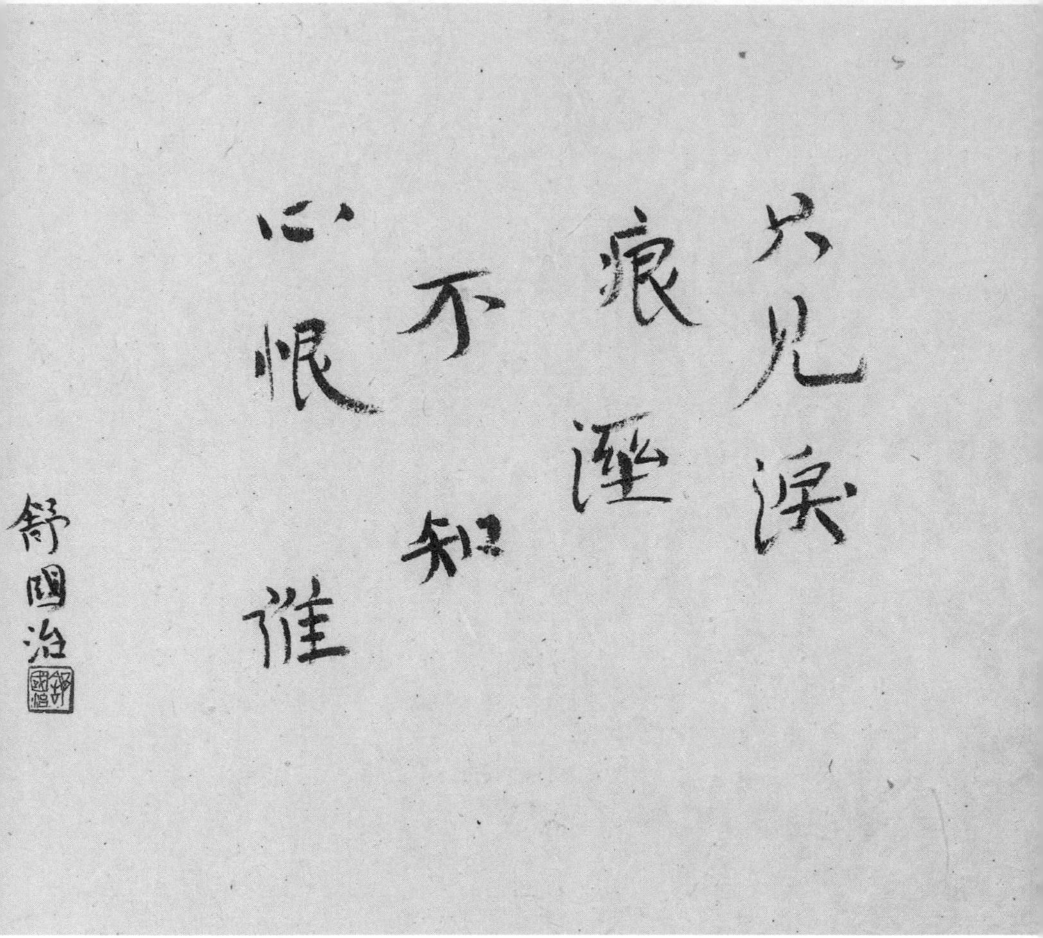
只見淚痕溼
不知心恨誰
舒國治

唐・李白〈怨情〉

本質的招式

打那些多出來的招式，就像炒菜多加的配料，無需也。本質的招式，已夠打成三分鐘版、五分鐘版、二十分鐘版了。本質的菜不只是白片肉、白斬雞、清蒸魚、清炒青菜而已。也包含毛豆筍丁、蒜苗豆腐、豆皮白菜、青椒牛肉。但白菜中無需放蝦米，毛豆中無需淋醬油，豆腐中不擱胡蘿蔔絲。

不是自創招式，是打古人原有之式打成自己想要的模樣、想要的大小、想要的圓方、想要的長短。　這就像寫字**並不想創成自己的字形或字體；只是把橫的筆劃、豎的筆劃，長的短的，圓的斜的等等寫成自己最感合宜的樣子。**而最後，也其實就是自己的體了。

看世界的方法 233

我與寫字

作者——— 舒國治
攝影——— 蕭安順、林煜幃

責任編輯—— 林煜幃
美術設計—— 吳佳璘

董事長—— 林明燕
副董事長—— 林良珀
藝術總監—— 黃寶萍

社長——— 許悔之
總編輯—— 林煜幃
副總編輯—— 施彥如
美術主編—— 吳佳璘
主編——— 魏于婷
行政助理—— 陳芃妤

策略顧問—— 黃惠美 · 郭旭原
郭思敏 · 郭孟君
顧問——— 施昇輝 · 林志隆
張佳雯 · 謝恩仁
法律顧問—— 國際通商法律事務所
邵瓊慧律師

出版——— 有鹿文化事業有限公司｜台北市大安區信義路三段106號10樓之4
T. 02-2700-8388｜F. 02-2700-8178｜www.uniqueroute.com
M. service@uniqueroute.com

製版印刷—— 鴻霖印刷創媒股份有限公司

總經銷—— 紅螞蟻圖書有限公司｜台北市內湖區舊宗路二段121巷19號
T. 02-2795-3656｜F. 02-2795-4100｜www.e-redant.com

ISBN——— 978-626-7262-24-5
初版——— 2023年7月
定價——— 380元

我與寫字 / 舒國治著 —初版. — 臺北市：有鹿文化 2023.7. 面；（看世界的方法；234）
ISBN 978-626-7262-24-5(平裝)
863.55……………………112007932

之遠近忽逢桃
花林夾岸數
百步中無雜樹
芳草鮮美落
英繽紛

對酒當歌人生幾何
譬如朝露去日苦多
慨當以慷憂思難忘
何以解憂惟有杜康
青〻子衿悠〻我心但為
君故沉吟至今呦〻鹿鳴

瑟吹笙明〃如月何時可掇憂從中來不可斷絕越陌度阡枉用相存契闊談讌心念舊恩月明星稀烏鵲南飛繞樹三匝何枝可依山不厭高海不厭深周公吐哺天下歸心

舒國治

馮夢龍時代的蘇州菜
較之井原西鶴時代的江戶
菜，應該是多勝甚
到了沈三白袁枚時蘇州
領先，然今日我最習說的